東大生と読む　源氏物語

西岡壱誠

監修　辻孝宗

星海社

287

SEIKAISHA SHINSHO

はじめに

みなさん、『源氏物語』にどんなイメージを持っていますか？

「難しいし、昔の話だからつまらない！」と思っている方も少なくないのではないでしょうか。

何を隠そう、今ではこうして本を書くほどこの物語が好きな僕も、かつてはそう思っていた一人です。

そんな元・古文嫌いだからこそ伝えられる『源氏物語』の面白さを、これからこの本で解説していければと思います。

僕は高校生時代の偏差値が35で、受験古文で読まされる『源氏物語』が難しくて苦手で、逃げ出したいくらいでした。きっと、同じ思いをした人もたくさんいるはずです。
僕は苦手を克服すべく、マンガでわかる本を手に取りました——それが全ての始まりです。その本が驚くほど面白く、僕はなんと、あんなに苦手だった『源氏物語』が一気に好きになってしまったのです。それが、本書のイラストを描いてくださった花園あずきさんの作品『はやげん！　はやよみ源氏物語』でした。それ以降、すっかり『源氏物語』の世界に魅せられてしまい、原文をはじめさまざまな文献を読み漁るほどになってしまったのです。

古文が苦手だった僕が『源氏物語』に魅せられたのはなぜか、今回改めて考えてみました。現時点での仮説はこうです。今から千年も前に書かれた古い作品で、「世界最古の長編小説」と言われているにもかかわらず、不思議なくらいストーリー展開が現代的で、読んでいて「今でもこういう恋愛ものってあるよね」と思えるシーンがたくさんあることが、現代人にとって大きな魅力なのだと思います。いわば『源氏物語』はエンターテインメントの原型と言えるのです。

さて、僕は普段さまざまな学校で教育に関わっているのですが、ある時、日本屈指の名門進学校・西大和学園で国語の教鞭をとっている辻孝宗先生とお話しする機会がありました。

その時も『源氏物語』の話になり、「現代人はスルーしてしまうけど、平安貴族から見たらこの描写はツッコミどころなんだ」「リアルタイムで読んでいた平安貴族はこのポイントを面白がっていたんだ」という、古文の先生だからこそわかる深い楽しみ方を教えていただきました。

この本はそんな、『源氏物語』に魅せられた元・古文嫌いと、毎年東大生を輩出する名門中高のエリートに古文の魅力を教えている国語の先生がタッグを組んで、難しい、つまらないと思われている『源氏物語』をわかりやすく深くご紹介しようとして生まれたものです。

本書の第1章では、なんと10分で『源氏物語』の大きな流れがわかるように、本当にざっくりとまとめました。省略した重要人物もいるくらいの超要約ですが、物語の大枠はここさえ読んでいただければ一発で理解できます。

第2章以降では、重要なシーンや面白いシーンを厳選して詳しく取り上げ、原文を読むだけではわからない面白さや、ツッコミどころだらけの光源氏の言動などを解説していきます。詳しくは「第3章　雨夜の品定め」を見ていただきたいのですが、「入試問題によく出るけど、実際に読んでみると下世話で、平安貴族たちはきっとゲラゲラ笑いながら楽しく読んでいたんだろうな」というシーンもあります。

そして要所要所で辻先生にご登場いただき、国語の先生として「勉強になる、そして奥深さが感じられるポイント」も解説していただいております。ただ「笑える」「展開が面白い」というだけではなく、紫式部の高い構成力の妙が楽しめるポイントをじっくりご堪能ください。

ということで、ぜひ知られざる『源氏物語』の魅力とツッコミどころを楽しんでいただければと思います。

西岡壱誠

目次

第1章 10分でわかる！源氏物語

さて、まずは『源氏物語』全体のストーリーを10分でわかるように解説します。

物語は、とある天皇の治世の時のこと。

その天皇は、身分の低い女性のことをとっても愛してしまいました。それはもう激しい溺愛っぷりでした。

でも、天皇の奥さんはたくさんいる中で、その女性だけが愛されていたものですから、他の女性たちから虐められてしまい、病気がちになってしまいます。

そんな中で、その女性は子供を産みます。

この子供こそが、『源氏物語』の主人公「光源氏」です。

光源氏はこの世のものとは思えないほど美しい赤ちゃんで、天皇も彼のことをとても可愛がりましたが、お母さんはそのつらい境遇から、光源氏が三歳の時に亡くなってしまいます。

天皇はめちゃくちゃ落ち込みました。が、光源氏のお母さんの親戚で、お母さんそっくりな顔の「藤壺（ふじつぼ）」という女性と結婚することになり、ちょっと気分が回復します。

でもこの時、藤壺さんはまだ十四歳。光源氏は九歳だったので、光源氏の方と仲良くなっていきました。光源氏も、お母さんそっくりな彼女に懐（なつ）いていきます。

これ、現代のドラマで見たことあるような展開、っていうか**完全に昼ドラですね。**「お父さんの再婚相手の女性が若くて、義理の子供と年齢が近く、子供の方と仲良くなっちゃう」みたいな展開、あるあるです。

で、実際に彼らの関係性は、昼ドラのようなドロドロした展開になっていきます。

さて、天皇と藤壺と光源氏は楽しく生活していたのですが、ある時転機が訪れます。十二歳になった光源氏が元服することになったのです。

この当時、元服したらもう一人前の男性です。結婚もしますし、天皇の奥さんである藤壺とは会えなくなってしまいます。たまに会えることになっても、すだれで仕切られて顔も見えない状態になってしまうのです。当時のしきたりとはいえ、悲しいですね。

そして光源氏も、この当時の慣習に則って結婚することになります。結婚相手の女性は「葵の上（あおいのうえ）」という女性でした。でもこの女性が、とにかく激しいツンデレキャラだったんです。全然デレてくれなくて、光源氏に対してツンツンな態度でした。

まあ、こういうツンツンした女性が好きだという男性も少なくないと思うんですが、光源氏はどちらかというと母性がある女性の方が好きだったので、葵の上とは相性最悪です。

早くにお母さんを亡くした光源氏は、やはり女性には甘えたいタイプでした。母性を求めていたんです。で、**光源氏が好きだったのは、義理の母である藤壺**だったんですよね。でも、知っての通り藤壺はお父さん、つまり天皇の奥さん。どうあっても愛することはできない関係性なのでした。

愛したいけど、愛せない。でも、やっぱり愛してしまう。

というわけでこの後、光源氏は「藤壺みたいな母性あふれる女性、どこかにいないかな〜」という願望を叶えるために、**藤壺の代わりになりそうな、いろんな女性にアタックしていきます。**

『源氏物語』の作中で光源氏と恋人関係にあった女性は十人を超えます。「手を出しすぎ！」と思うかもしれません。ただ、節操なくいろんな女性と逢瀬を繰り返す好色な人として描かれているのは確かですが、当時の平安貴族は結構そんなものだったと思います。そもそも光源氏は天皇の子供で、スーパーモテモテ男子でしたからね。

でも、光源氏はなかなか納得のいく関係を築くことができませんでした。藤壺みたいにちょっと年上の女性と付き合おうとするんですがうまくいかなくて（六条御息所）、義理のお兄さんの元カノとすごく親密になって「やっと理想の女の子に出会えた……！」と思いきや、その女性は怨霊に殺されちゃったり（夕顔）、「めっちゃ美人！」という噂を聞いた子に手を出したら実はブスでした、ということもあったり（末摘花）、やがて妻の葵の上もちょっとだけデレてくれるようになって子供もできるんですが、また呪い殺されてしまったり。

光源氏、残念ながらこのように、どの人ともそんなにうまくいきません。

なぜうまくいかないのか、理由は明らかです。もちろんタイミングや運もあるんですけど、大元の原因はというと、光源氏にとって誰もが「代わり」の人でしかないからなんですよね。

光源氏の**一番の最愛の人は、藤壺**だったんです。

ということで、光源氏は意を決して藤壺にアタックします——「愛してはいけないことはわかっているけど、でも、好きです」と。猛アタックに藤壺もついに折れて、**一夜を共にしてしまう**のです。

で、もう昼ドラなどではお約束の展開ですが、**その一夜のタイミングで子供ができちゃって、**二人とも「ヤベー!!」と大騒ぎ。結局その子は天皇の子供と見なされたのですが、まあ二人ともめちゃくちゃ焦りました。

その後すぐのタイミングで天皇が亡くなってしまい、光源氏は、本当は自分の子供であるその子の後見人としてお世話をするようになります。そして、そのお世話の最中にはもちろん、藤壺へのアプローチも継続しています。

光源氏は「やっぱり藤壺好き!」とずっとアプローチするのですが、藤壺からすると「私たちの関係がバレたら全部パーで、子供の立場も危うくなるじゃない!何考えてんのよ!!」ということで逃げて、**ついには藤壺、出家をしてしまいます。**

この時代の出家は、今の出家よりも何倍も重いものでした。もう本当に俗世との関わりを断つことで、今後一生、光源氏と会わないという選択です。子供のことも、何より光源氏のことも守る選択であるわけですが、これを聞いた光源氏はマジでショックを受けて、茫然自失になって、正気を失ったのか**お兄さんの婚約者との逢瀬を繰り返してしまうほどでした**（朧月夜）。

……ごめんなさい、今読んでいて「は？」とツッコミたくなった方もいるかもしれませんが、本当にそう書かれているのです。もともと関係があったお兄さんの婚約者のところに通い詰めて、その逢瀬の現場を押さえられて、「あーバレちゃったかー。まあでも、もう、どうでもいいやー」となってしまう投げやりな光源氏。

ええ、**光源氏、完全に正気を失っています**。それだけ藤壺の存在が大きかったわけですね。

藤壺はその後、病気で亡くなってしまいます。結局光源氏と藤壺が結ばれたのは一夜だけだったのです。儚いですね。

さて、そんな中でもう一人、光源氏の「最愛の人」になる女性がいます。それが、「紫の上」です。

ある時偶然、光源氏が十歳に満たないくらいの紫の上（当時の名前は「若紫」）と出会い、「あれ!? あの子藤壺にめっちゃ似てるんだけど！」と気づきます。紫の上、実は藤壺と親戚関係の女の子だったのです。それがきっかけで、「あの女の子は、私の最愛の人になってくれるに違いない」と考えた光源氏。紫の上が十四歳になる時に、光源氏はほとんど誘拐（ゆうかい）に近いような形で半ば強引に妻として迎え入れます。そして自分の理想の女性に育ってもらうために、いろんな教養・礼儀作法を教え込みます。

ちなみに、光源氏と紫の上の年の差は十歳くらいだと考えられているのですが、この年の差から**光源氏は読者にロリコンとして扱われる場合が多い**です。その上でその子を自分好みの女性に育てていくというのも、**現代的な感覚で言うとかなり「キモい」ですね**（笑）。

藤壺亡き後、**光源氏の心の支えになったのは間違いなく彼女・紫の上**でした。

紫の上は、光源氏が苦しい時にも支えてくれました。やがて光源氏はお兄さんの婚約者との逢瀬が発覚し、紫の上を残して須磨（すま）へ退去して長らく会えない時期が続きます。これは光源氏のピンチの時期で、『源氏物語』で一番源氏が追い詰められる場面なのですが、会えない時にも紫の上はずっと、彼のことを信じて待ってくれています。

その甲斐あって、一時期は力を失っていた光源氏は復権します。父が亡くなった後、次の天皇が藤壺と光源氏の子になり、その天皇から権力を与えられて、光源氏はついに、紫の上をはじめとする自分の愛する女性たちと仲良く暮らすことができるようになるのでした。**光源氏の権力の絶頂**ですね。

と、ここで終わったらハッピーエンドなんですが、『源氏物語』はこれで終わりません。光源氏と紫の上の関係には、ある出来事から大きな亀裂が入ってしまいます。「女三の宮（おんなさんのみや）」という女性の登場です。彼女は、光源氏のお兄さんと、あの藤壺の妹の間に生まれた子です。光源氏のお兄さんは、「うちの娘、十四歳なんだけど、いい嫁ぎ先がなくてさ。源氏の奥さんにどう?」と言ってきたのです。

当時光源氏、四十歳です。二十六歳差です。やっぱり光源氏はロリコンなんじゃないか? と皆さん思われるかもしれませんが、この当時、これくらいの年の差結婚はままあることでした。

光源氏は悩みました。自分は紫の上のことを愛している。きっとここで女三の宮を迎え入れたら、紫の上は傷付く。本来なら迎え入れるべきではない。

でも、**光源氏は女三の宮を迎え入れることにしました。**

結局、光源氏の一番の最愛の人は、藤壺です。紫の上のことも、その代替として愛している節があります。**光源氏は結局、「藤壺の姪、藤壺に似ているかもしれない子」に心惹かれてしまった**わけです。

ということで、女三の宮を迎え入れる当日。光源氏はめちゃくちゃ期待を膨らませて彼女に会いにいきました。

そしたら、なんと。

全然光源氏の好みじゃありませんでした‼

……ええ、藤壺には全然似てなかったっぽいです。これには光源氏もがっかり！

そして案の定、紫の上は大ショックです。「私はどうせ、光源氏にとって、代替品でしかなかったのね」と病んでしまいます。光源氏、完全にやらかしちゃいましたね。病んでしまった紫の上を、頑張って看病しようとします。

そんな中で、光源氏とは別に、女三の宮のことを好きになってしまった男の人がいました。名前を柏木（かしわぎ）と言います。光源氏の義理のお兄ちゃんの子供です。柏木は、偶然女三の宮の姿を見てしまって、想いを爆発させ、女三の宮と一夜を共にしてしまいます。で、その時の一夜が原因で、なんと**子供ができてしまいました。**

この展開、どこかで見覚えがありませんか？

そうなんです、光源氏は旦那さんのいる藤壺と子供を作ってしまったわけですが、それとほとんど同じ構図なのです。

光源氏は柏木と女三の宮の関係に気づき、「ああ、これも因果応報ってものかな」と考えました。ですがその上で、**「それはそれとして柏木マジふざけんなよ」**と、自分のことを棚に上げてブチ切れます。とある宴会の席で柏木に「いやー君、今は若いからいいけど、年取ったらいいことないよー?」みたいな感じで遠回しにプレッシャーをかけて、「お前、気づいてるからな」アピールをしたのです。それを聞いて柏木は「あ、俺の人生終わったわ。権力者の光源氏にこんなに言われたら生きていけないわ」と悩み、病気になってすぐに死んでしまうのでした。

そして結局、**この一件が原因となって、紫の上は失意の中で死んでしまいます。**

そして紫の上を失った光源氏もまた、失ったものの大きさに気づきつつ、**亡くなってしまうのでした。**

これが、光源氏の物語です。

『源氏物語』自体はもう少し続き、ここまでの登場人物の子供の代が描かれる「宇治十帖」というパートで終わります。

主人公はなんと、先ほどの女三の宮と柏木の子供、「薫（かおる）」くんです。世間的には光源氏の子供として認知されていますが、柏木との不義の子供であることは読者はみんなわかっています。薫くん自身も、「俺って本当に光源氏の子供なのか……？　似てないって噂されてるし、お母さんはすぐ出家しちゃったし……」と思い悩み、自分のルーツを疑っています。そんな出自が関係したのか、薫くんはかなり影のあるイケメンとして描かれています。俗世の関わりよりも仏道修行が好きで、かなり厭世（えんせい）的です。

そしてもう一人、この物語には主要な登場人物がいます。天皇の子供の「匂宮（におうみや）くん」です。匂宮くんは、光源氏の娘の一人である明石中宮と天皇の間の子供です。

光源氏の孫です。

ですから**いろんな女性に手を出す光源氏の気質は匂宮くんが引き継いでいて、逆に薫くんは一人の女性に一途な姿が描かれます。**

ある時、薫くんは宇治に人に会いにいきます。その時にふと、その家の娘さん姉妹の姿が目に入ります。お姉さんの大君（おおいきみ）と、妹の中君（なかのきみ）です。二人とも素晴らしい姿でつい見入ってしまったのですが、後から偶然それを見ていた老婆に驚きの事実を伝えられます。なんとその老婆は柏木の乳母（うば）で、薫くんの出生の秘密を知っていたのです。薫くんは自分が光源氏の子供ではなく、柏木の子供であることを知ります。

「あー、やっぱりそうだったのか。じゃあ自分は光源氏を死に追いやった、罪の子なんだな。まあでも、自分のルーツがわかってスッキリしたな」

と感じた時に、ふと先ほどのお姉さんの大君のことが頭に浮かんだのでした。大君のことが好きになってしまったんですね。

で、その話を聞いた匂宮くんは、「マジで⁉　そんな可愛い子なんだったら、俺も！」と二人にアプローチをかけます。そして匂宮くんは姉妹のうち中君の方を好きになり、すぐに求愛の手紙を出しました。

薫くんは大君、匂宮くんは中君、ということですね。

しかし蓋を開けてみると、匂宮くんと中君はうまくいったのですが、薫くんの方はなかなか大君との関係がうまくいきません。「私なんかと一緒になったらあなたを不幸にしますわ」と、大君は頑なに薫くんのことを受け入れてくれないで終わってしまうのです。

さてそんな中で、匂宮くんと中君は婚約まで漕ぎ着けます。ですがやっぱり光源氏の血を引いている匂宮くんは好色で、いろんな女の子に手を出してしまいます。そして匂宮くんはお母さんから別の女性と結婚させられてしまい、大君中君の姉妹を心配させてしまいます。大君は妹のことが心配で心配で、ついには病気になって、なんと死んでしまいます。

薫くん大ショックです。なんたって、好きだった女の子が死んでしまったのですから。塞ぎこんでしまった薫ですが、妹の中君から「お姉ちゃんとすごく似てる人がいるそうなんですよ」という話を聞きます。彼女は「浮舟」と言って、実はこの二人の妹でした。大君中君の姉妹も知らなかったことですが、同じお父さんの隠し子で、認知してもらえなかったとっても不遇な子でした。

薫くんは「今度こそ」と浮舟に猛アタックをかけます。中君からも援助してもらっていい感じになるのですが、案の定というかお約束というか、匂宮くんにも嗅ぎつけられてしまいます。「え、そんな可愛い子がいるんだったら俺も」というノリです。読者からすると「マジで懲りないなお前」と思いますが、匂宮は、「薫はさ、お前のことを大君の代わりとして見ているだけなんだよ。だからお前は俺とくっつけよ」なんて甘い言葉をかけて、強引に浮舟と関係を持ってしまいます。二人のスパダリから求婚されるっていう、王道の少女漫画展開ですね。

でも、浮舟はとても苦しみます。「どうせ薫様は私のことを大君の代わりとしてしか見ていない。匂宮様だって、薫様から私を取って優越感を満たしたいだけだわ。私は結局、幸せになんてなれないんだわ……」と。

そんな中で、薫は浮舟が匂宮と会っていたことを知ります。「浮舟は強引に迫られたんだろうけど、匂宮あいつ、マジふざけんなよ」と、とにかく浮舟に会いに行こうとします。その時に出した手紙の内容から、浮舟は自分と匂宮の関係がバレたことに気づきます。「ああ、薫様にもこれでバレてしまった。かと言って匂宮様に泣きつくこともできない。私の居場所は、もう、どこにもないんだわ」と嘆き悲しみ、そして。

気づけば彼女は、宇治川に身を投げてしまったのでした……。

この展開、光源氏と紫の上の関係と似ていますね。光源氏の愛が、結局藤壺への愛の代替でしかなかったと知って悲しんだ紫の上と同じように、浮舟も、薫の愛が大君への愛の代替でしかないことを知って苦しみ、身を投げてしまったのです。

ですが紫の上と違って、浮舟はこの時、生き残りました。周囲からは死んだと思われていましたが、山寺に拾われて保護されていたのです。でも「もう私は俗世には懲り懲り。出家させてください」と、尼になることを決意します。

そこに、「もしかしたら浮舟が生きているかもしれない」という噂を聞きつけて、薫くんがやってきます。ただ、これ以上苦しみたくなかったのか、浮舟は会いません。薫は手紙を書いて浮舟の弟に持たせ、彼に「姉上ですよね、薫様と会ってあげてください」とお願いしてもらいました。

はたして、結果は？

「私はこの人の想い人ではありません。勘違いしていると思い

ます」

浮舟は結局、薫には会いませんでした。余韻の残る終わり方ですが、ここで、『源氏物語』は終了です。

ここまで駆け足で『源氏物語』のストーリーを見てきました。

現代のドラマや漫画でよく見るあるある展開やツッコミどころが数多くあって面白いですよね。

ここからは、メインキャラクターをもう一度おさらいした上で、特に一押しのシーンを詳しく解説していきたいと思います。

光源氏

主人公。モテ男でいろんな女性に手を出す。
だけど本当に好きだった藤壺とは、義理の母子という決して結ばれることのできない関係で、彼にとってはそれ以外の女性はどこか、藤壺の代替だった。
もし紫の上を藤壺の代わりとしてではなく紫の上として愛して、女三の宮との婚約をしなければ、ずっと幸せに暮らせたかもしれない。

藤壺

光源氏の永遠の想い人。それでいて、芯の強い女性。光源氏との関係を表に出さないように最善の策を取って、最後は出家した。

光源氏のことをどう想っていたかは解釈が分かれるが、出家するというのは子供だけでなく光源氏を助けることでもあったので、やはり小さい時から憎からず、弟のように想っていたのではないかと考えられる。

葵の上

光源氏の最初の結婚相手。ツンデレ。もっと最初からデレていれば、話は全然違う展開になったのかもしれない。源氏との間に子供もできてデレ始めたところで、六条御息所という光源氏の愛人に呪い殺されてしまう。

光源氏をずっと献身的に支えた女性。小さい時から英才教育をされているので当たり前ではあるが、かなり理想的な女性で、仕事もできるし光源氏との関係も良好だった才女。
でもやっぱり、光源氏が女三の宮の方に行ったことで精神的にとても大きなショックを受ける。

女三の宮

光源氏の晩年の結婚相手。薫のお母さん。不思議ちゃん系の子として描かれていて、心理描写もかなり淡白な印象を受ける。柏木のことをどう想っていたのかも割と謎で、柏木が死んだと聞いてもあまり動揺せず、「かわいそう」とだけ言っている。

彼女の存在が、光源氏の運命を決定づけていくことになる。

薫

柏木と女三の宮の子供。世間的には光源氏と女三の宮の子。「出家したいな」とよく言っているくらい厭世的で、影のあるイケメン。大君のことが好きだったが、大君が亡くなってしまい、その代わりとして浮舟を愛する。「代わり」であって本人を見ていない、という構図は光源氏と同じで、彼が宇治十帖の主人公だったのはここに光源氏との共通点があったからかもしれない。

匂宮

光源氏の孫。好色で、女の子にたくさんちょっかいを出す。「自分が手を出したら女の子は落ちるよね」と考えている節がある描写があるくらい、自分のイケメン度合いに自信を持っている。

薫くんのライバルで、薫くんが好きな子を見つけたら自分もちょっかいを出すが、飽きたら次の恋に生きるので全く一途というわけではない。宇治十帖のトラブルはだいたいこいつのせい。

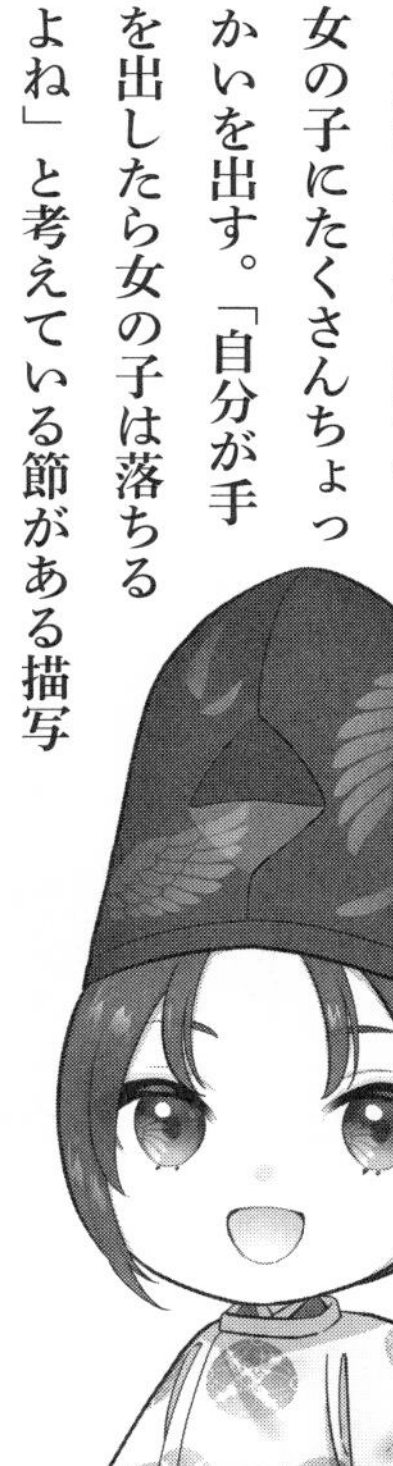

浮舟

薫くんと匂宮くんの二人から言い寄られて、結局自死を選んでしまった女性。その名の通り、川に浮かぶ舟のように過酷な運命に翻弄されている女性だったが、最後は自分の意思で薫と会わないことに決めた。

第2章 光源氏の誕生

では2章からは、『源氏物語』の有名なシーン、重要なシーンの一つ一つに容赦(ようしゃ)なくツッコミを入れて解説しながら、みなさんと一緒に読んでいこうと思います。世界最古の物語文学であり、本当に重厚なストーリーが展開される『源氏物語』ですが、展開を見ていくと実はツッコミどころ満載です。ただ、原文だけを読みストーリーを追っているだけではそのツッコミどころに気づけないことがあります。当時の価値観から源氏の言動を見ていくことで、『源氏物語』のツッコミどころが浮き彫りになっていくのです。

さて、まずは冒頭のシーンから見ていきましょう。

いづれの御時にか、女御、更衣あまた候ひ給ひける中に、いとやむごとなき際にはあらぬが、すぐれて時めき給ふありけり。

【現代語訳】

どの天皇のご治世であっただろうか、女御、更衣がたくさんお仕えしておられた中に、それほど高貴な身分ではない方で、とりわけ帝のご寵愛を受けておられる方があった。

『源氏物語』の冒頭は、こんな風にスタートします。実は、この**最初の一文からしてツッコミどころがある**んです。

「え、どこ?」って思うかもしれませんが、それは「それほど高貴な身分ではない方で、とりわけ帝のご寵愛を受けておられる方があった」というポイントです。

これ、はっきり言って当時の常識的に「おかしい」話です。平安時代に暮らしている人が聞いたら「そんなのあり得ないでしょ!?」とツッコミを入れると思います。

この時代、天皇というのは多くの女性と一緒に暮らしていました。今風に言うハーレムを作って、複数の女性と関係を持っていたんです。

「ハーレムなんてけしからん！」って思うかもしれませんが、この時代は一夫多妻制の時代でしたので、ハーレムが公的にＯＫだったんですよね。

それにこの時代、天皇は政治的に実権を持っている強い権力者でした。国として一番危惧しなければならないのは、この天皇家の血筋が絶えてしまうことです。とにかく跡継ぎを作ってもらわなければ国がなくなってしまいかねません。ですから、天皇にはとにかく多くの女性と関係を持ってもらう必要があったのです。なので多くの家がこぞって、「ウチの娘をぜひ！」と天皇のところに嫁がせていたのです。その中にはもちろん、名門の家系や権力を持った貴族もいました。

そんな中で、この時代の天皇が「**たった一人の人だけ、しかも全然家柄とかが良くないような人を愛してしまっている**」、という状態が描かれています。これはもう、超異常事態と言っても過言ではないんですよね。

平安貴族なら「マジで？　そんなことある？」と思わず言ってしまうでしょう。

そしてそんなことになったら「嫉妬（しっと）」で大変どころではありません。それも、恋愛的な理由だけではありません。「天皇っていうスパダリを射止めるなんて！」という、今の少女漫画みたいな話ではないんです。

だって、女性たちにしてみたら、お父さんから「いいか、この家の未来は、お前が天皇の子供を産めるかどうかにかかってるんだからな、マジがんばれよ！」って言われているわけです。しかも何人かは、「お父さんお母さんだけじゃなくて、妹や弟、親戚一同みんなの人生が、あなたにかかっているんだからね！」と言われていてもおかしくありません。比喩（ひゆ）でもなんでもなく、親戚一同の期待を一身に背負って「天皇に好かれる」という仕事をしているのです。

そんな中で、たった一人だけを天皇がずっと愛しているのは、他の女性からすると「私の仕事を奪いやがって！」という思いでいっぱいです。恋愛的な嫉妬ではなく、隣で出世していく同僚を見ているような「嫌な嫉妬」が宮中に渦巻いていることは想像できますよね。

はじめより我はと思ひ上がり給へる御方方、めざましきものに、おとしめそねみ給ふ。
同じほど、それより下臈の更衣たちは、まして安からず。

【現代語訳】
初めから自分こそは帝の寵愛を得ようと自負しておられた女御の方々は、このひとを目にあまる者として、さげすみ嫉妬なさる。同じ身分の更衣、それより低い身分の更衣たちは、いっそう気が気でない。

はい、というわけで、めっちゃ嫌われてますね。しかもこの女性は桐壺（きりつぼ）の更衣（こうい）という人なんですが、「更衣」というポジションは、絶妙に嫌われるポジションです。

というのも、偉くはないのですが、一番下というわけでもなく、下から二、三番目くらいのポジションなんです（中宮、女御、更衣、女房・女官の順）。

さて、みなさんに一つクイズです。『源氏物語』の作者である紫式部は、なんで光源氏のお母さんを「更衣」という身分にしたんだと思いますか？

これに関して、一つの説があります。それは、「**一番、嫌われやすいポジションだったから**」という最悪なものです。

いつの時代も、身分制度というのは、一番下の人数が多くて一番上が少ない、ピラミッド型をしています。

もし、光源氏のお母さんが一番下のポジションだったとしましょう。

この時、高い身分の人は「はあ、なんであいつが!?」と怒るとは思いますが、案外、低い身分の人は助けてくれるかもしれません。なぜなら、「自分たちみたいな身分の人でも、天皇から寵愛を受けられるかも！」と共感できるからです。一番下の身分なのに好かれている桐壺の存在はきっと、救いになるのではないでしょうか。

でも、下から二番目だったらどうでしょう。低い身分の人にして見ると、「自分よりちょっと身分がいい人が好かれている」というだけで、自分たちの希望にはならないんです。

むしろ、親から「おい、お前と同じようなポジションの子も天皇から愛されているそうじゃないか、お前もっと頑張れよ」と言われてしまい、「そんなこと言ったって、あの子は私より身分が高いんだもん」と葛藤するかもしれません。

そうすると、一番人数の多い、下の身分の人からも嫌われることになります。

ということで、本当に仲間がいない「更衣」として描かれる桐壺ですが、さらにさらにマイナスなことがあります。


父の大納言は亡くなりて、母北の方なむ古の人の由あるにて、親うち具し、さしあたりて世の覚え華やかなる御方々にもいたう劣らず、何ごと

の儀式をもてなし給ひけれど、取り立ててはかばかしき後ろ見しなければ、事ある時は、なほ拠り所なく心細げなり。

【現代語訳】

父の大納言は亡くなっていて、母である大納言の北の方は、古風で、教養のある人で、両親そろっていて、現在のところ世間の評判も際立っている女御や更衣などの方々にもそれほど劣らないように、宮中のどんな儀式をも取り計らいなさったけれども、ことさら取りあげるようなしっかりした後見人がいないので、特別なことがある時は、やはり頼る所がなく心細そうな様子である。

なんと、お父さんも死んでしまっているのです。

当時、父が亡くなっているのは「自分の住む家がない」くらいの最悪な状況です。

古文単語で「頼りなし」というと、今と同じく「頼る人がいない」という意味になるのですが、これだけで「親が死んでいる」ということを指す場合もあります。女性の社会進出が進んでいないこの時代の「頼れる人」というのは、お父さん以外にはないのです。「後ろ見（うしろみ）」という言葉があり、これは後見人のことを指しますが、お母さんがどんなに頑張ってもこの後見人にはなれません。この時代のお父さんの権力はそれほど絶大だったのです。ですから、お父さんの存在は住んでいる家と同じくらいの重要度を持っていました。

というわけで、『源氏物語』の冒頭は、こういう意味になります。

「マジでみんなから嫌われていて、ホームレスな女の子がいました」

うーん。最悪ですね！　唯一希望があるとしたら、その国で一番権力のある人が愛してくれているということですが、それも実は彼女の状況を悪くしています。次の文を読んでみてください。

恨みを負ふ積もりにやありけむ、いとあつしくなりゆき、もの心細げに里がちなるを、いよいよ飽かずあはれなるものに思ほして、人のそしりをもえ憚らせ給はず、世の例(ためし)にもなりぬべき御もてなしなり。

【現代語訳】

恨みを受けることが積もり積もった結果であったのであろうか、たいそう病気がちになってゆき、なんとなく心細い様子で実家に下がりがちであるのを、帝はますます限りなくいとしい者とお思いになって、他人の非難をも気にすることがおできにならず、世間の悪い先例にもなってしまいそうなご待遇である。

おい天皇、お前もうちょっと気を遣えよ⁉

とツッコミたいところです。「病気になっちゃったの⁉　弱っている姿もかわいい！」と、より一層愛しちゃって、それが原因で嫌われています。**うーん、この男は全く頼りになりません。**

実際、原文はこう続けます。

わが身はか弱くものはかなきありさまにて、なかなかなるもの思ひをぞしたまふ。

【現代語訳】
無力な家を背景としている心細い桐壺の更衣は、天皇から愛されれば愛されるほど、苦しみがふえるふうであった。

天皇が愛せば愛すほど、苦しくなっていっているのです。まさに負のスパイラルですね。天皇、庇(かば)うだけじゃなくてもうちょっと何か、いじめている側をなんとかしろよと思います。これ、大丈夫なんでしょうか？　結果から言うと、ダメでした。このお母さん、子供を産んでからすぐ死んでしまいます。

世になく清らなる玉の男御子さへ生まれたまひぬ。

【現代語訳】

この世にまたとないくらい、美しい玉のような男の御子までがお生まれになった。

生まれた子供は、とても可愛い子供でした。古文の世界では、「玉」というのは最高の褒め言葉として使われるものです。本当に素晴らしく可愛い子供だったそうです。

この子供こそが、『源氏物語』の主人公、光源氏です。

この子供を産んでから三年経った夏のある日、いじめにいじめられまくったお母さん（桐壺の更衣）は、病気になってしまいます。

御息所、はかなき心地にわづらひて、まかでなむとしたまふを、暇さらに許させたまはず。

【現代語訳】

御息所になった桐壺の更衣は、ちょっとした病気になってしまって、実家へ帰ろうとしたが、帝はお許しにならなかった。

「病気なんで、ちょっと実家に帰りたいんですけど」とお願いしても、天皇は「ダメ！」と言います。病気がちだった桐壺の更衣を見慣れてしまった天皇は、「もう少しここで様子を見ればいいじゃん」と言い出したのです。

まあ、間違った判断だとは思いませんが、おそらく実家に戻ったら自分が寂しいからというだけの理由で「ダメ」って言ってると思うんですよね。そういう愛が重いところが、絶対桐壺のことを追い詰めているんだと思うんだけどなぁ……。

そんなことを言っていたら病状が悪くなっていってしまいます。


ただ五六日のほどにいと弱うなれば、母君泣く泣く奏して、まかでさせたてまつりたまふ。


【現代語訳】

わずか五、六日のうちにひどく衰弱したので、母君が涙ながらに奏上して、退出させ申し上げなさる。

重体を見かねたお母さんが泣きながら「どうか娘を実家に帰らせてあげてくださ
い」と言って、なんとか退出が認められたそうです。そこまでしないといけないの？
と思いますね。
そして結局、この時の病気が原因で桐壺の更衣は、まだ小さかった光源氏くんを
残して、死んでしまったのでした。

聞こし召す御心まどひ、何ごとも思し召しわかれず、籠もりおはします。

【現代語訳】
更衣の死をお聞きになった帝のお悲しみは非常で、そのまま引きこもっておいでに
なった。

それを聞いて、天皇はすごく悲しんでしまいました。まあ、元をたどれば全てこ

いつが悪いんですが、本当に本当に悲しんでしまいます。

どれくらい悲しんだのかというと、なんと、**政治を辞めてしまうほど悲しんだそうです。**仕事も手につかないくらいに悲しんでしまったということですね。まあ、奥さんが亡くなって無気力になってしまう気持ちは理解できますが、この人は国の中で最も偉い、一番仕事してもらわなきゃ困る人です。周りの人は大変です。

かく世の中のことをも、思ほし捨てたるやうになりゆくは、いとたいだいしきわざなり。

【現代語訳】

桐壺が死んだあとでこうして悲しみに沈んでおいでになって、政務も何もお顧みにならないのは、国家のために本当によろしくないことである。

「気持ちはわかるけど、仕事はしろよ……」と、周りの人たちはみんな呆れています。

さて、そんな時にやってきたのは、桐壺の更衣とよく似た女性・藤壺でした。

「亡せたまひにし御息所の御容貌に似たまへる人を、三代の宮仕へに伝はりぬるに、え見たてまつりつけぬを、后の宮の姫宮こそ、いとようおぼえて生ひ出でさせたまへりけれ。ありがたき御容貌人になむ」と奏しけるに、「まことにや」と、御心とまりて、ねむごろに聞こえさせたまひけり。

【現代語訳】

「お亡くなりになりました御息所（桐壺のこと）と容姿がとてもよく似ている人を、三代も宮廷におりました私すらまだ見たことがございませんでしたのに、后の宮様の内親王様だけがあの方に似ていらっしゃいますことにはじめて気がつきました。非常にお美しい方でございますよ」と言ったところ、「本当か」と天皇の心が動いて、先帝の后の宮へ姫宮の御入内のことを懇切にお申し入れになった。

藤壺という女性は、天皇の目から見ても、桐壺の更衣にとても似ている人だったそうです。

藤壺と聞こゆ。げに、御容貌ありさま、あやしきまでぞおぼえたまへる。これは、人の御際まさりて、思ひなしめでたく、人もえおとしめきこえたまはねば、うけばりて飽かぬことなし。

【現代語訳】

藤壺と申し上げる。なるほど本当に、容姿は不思議なまでによく似ていらっしゃった。この方は、ご身分も一段と高いので、そう思って見るせいか素晴らしくて、お妃方も貶めることもできないので、誰に憚ることなく何も不足ない。

本当によく似ている上に、身分も高く、いじめられない立場だそうです。
そもそも、身分が低い桐壺のことを愛してしまった天皇が、言ってしまえば当時のルール違反だったんですよね。ですから、この女性のことは思う存分愛しても、怒られたり嫉妬されたりはあまりされなかったと書かれています。
でも、ただ容姿が似ている人を連れてくればそれでいいんでしょうか？　天皇だって桐壺の容姿だけに惚(ほ)れたわけでもないでしょうし、似ているからというだけの理由で心を奪われたりはしないんじゃないでしょうか？

思し紛るとはなけれど、おのづから御心移ろひて、こよなう思し慰むやうなるも、あはれなるわざなりけり。

【現代語訳】

（傷心だった心が藤壺と会うことで）完全に癒されたということはないだろうが、自然に昔は昔として忘れられていくようになり、帝はこの女性のことを深く愛するようになった。あれほどのことがあっても永久不変でありえない人間の恋であったのであろう。

あれ⁉　顔が似ているだけで全然いいの⁉　と思いますが、天皇は彼女のことを深く愛するようになったそうです。藤壺の存在に、天皇の心は結構癒されたみたいです。作者である紫式部も「人間なんてそんなもんだよね」と言っていますが、まあよかったですね。これで天皇は政治への関心も取り戻してくれることでしょう。藤壺は本当に、国の一大事を救った女性と言えるかもしれません。

そして、今度は藤壺と光源氏と天皇の三人で、仲良く話すようになりました。天皇は藤壺に、「あなたは光源氏のお母さんによく似ているから、お母さんのように接してあげてください」とお願いしていました。

これは僕の勝手な憶測ですが、天皇としては、死んでしまった桐壺の代わりに、三人で擬似家族を作りたかったのだと思います。「桐壺が生きていたら、こんな感じで三人で楽しく暮らせたのかな」と考えていたのではないでしょうか。

しかし、天皇は想像していなかったのです。**光源氏が、藤壺に好意を持ってしまうこと**を。

幼心地にも、はかなき花紅葉につけても心ざしを見えたてまつる。

【現代語訳】

子供心にも花や紅葉の美しい枝は、まずこの宮（藤壺）へ差し上げたい、自分の好意を受けていただきたいという態度をとるようになった。

まあこれも当たり前です。なぜなら、藤壺と光源氏の年の差はたった五歳だったからです。ていうか、**五歳差の女性を「お母さんだと思って接しなさい」っていうほうが無理じゃないですかね？** 当時は子供を産む年齢が早かったから今とは感覚が違うかもしれないのですが、それにしても無理矢理にでも家族関係を作りたかったのかなあ、なんて想像してしまいますよね。

その後、光源氏くんは十二歳になりました。この当時、十二歳で元服して成人として扱われます。一人前の男で、結婚もすることになります。そして当然と言えば当然ですが、藤壺とは会えなくなります。

それも、物理的に会えないのです。この当時、身分の高い女性はみだりに男性の前には現れてはいけないことになっており、会う時もパーテーションで区切られた状態で、姿を見ることができなかったのです。ですから、光源氏は十二歳になるといきなり、今まで仲良くしていた藤壺と全く話せなくなってしまったのです。

恋していた相手と、一気に引き剝がされた結果、どうなったか。

心のうちには、ただ藤壺の御ありさまを、類なしと思ひきこえて、「さやうならむ人をこそ見め。似る人なくもおはしけるかな。（後略）」

【現代語訳】

光源氏の心の中では、ただひたすら藤壺のことを、またといない素晴らしい方とお慕い申し上げていて、「藤壺のような女性こそ、妻にしたいものだ。」

「藤壺のような相手と恋愛したい！」と思うようになりました。なんというか、いきなり引き剝がされて、こじらせちゃったんですね。

この、「藤壺の代わりとなる女性にアプローチして恋愛をする」というのが、この後の光源氏の物語の基本的なストーリーになっていきます。

辻先生のコメント

源氏物語は冒頭からツッコミどころがある、ということがおわかりいただけたと思います。ここで少し、国語の先生として補足をさせてください。

天皇は、好きな女性を奥さんとしているわけではありません。その女性のお父さんの地位によって、天皇の妻となれるかが決まってくるし、妻といっても身分はいろいろあります。

ですから天皇は、完全に公的な立場で、女性の地位に合わせて夜の相手をしていく必要がありました。たとえば、位の高い女御は一週間に一回、女御より位の低い更衣は一ヶ月に一回だけ夜をともにする、というような感じです。

なので、ただでさえ奥さんが多い時代に、高貴な身分でないのに天皇の寵愛を受けるのは、当時の感覚だと「大問題」なんですね。

そもそも、この『源氏物語』は天皇の奥さんのために書かれた物語で、一番そういうことに敏感な人が読者なんです。天皇の奥さんはきっと、現実世界の誰かをイメージして「えー、こんなの私だったら絶対に許さない！　この主人公、大変なことになるよ！」と思って読んでいたはずです。


そして、西岡さんが紹介していた通り、桐壺の更衣は女御、更衣たちからも嫌われ、男たちからも目を細められます。もはや宮中には敵しかいません。

そうなったら、もう桐壺の更衣を守ってやれるのは、桐壺の更衣のお父さんしかいなくなります。

そこで、紫式部はこの言葉を入れるわけです。

父の大納言は亡くなりて、

この絶望感、伝わりますか？
であれば、もう頼りになるのは、世界でたった一人、帝しか残っていないということになります。
だからこそ、次の一文で紫式部はたたみかけます。

恨みを負ふ積もりにやありけむ、いとあつしくなりゆき、もの心細げに里がちなるを、いよいよ飽かずあはれなるものに思ほして、人のそしりをもえ憚らせ給はず、世の例にもなりぬべき御もてなしなり。

たった一人、唯一桐壺の更衣を助けられる可能性を持っている天皇が、機能していないわけですね。紫式部は、これでもかと桐壺の更衣を追い詰めていき、そこにきて、「世になく清らなる玉の男御子さへ生まれたまひぬ」と書きます。ここにきてはじめて、雪解けを迎えるかのように、桐壺の更衣にとってプラスな状況が描かれるのですね。

ようやく桐壺の更衣も幸せになるに違いない。

読者がようやく、ほっと一息をついたその時。

そこまで読者を喜ばせておいて、紫式部はここにきて最大の事実を告げます。

一の皇子は、右大臣の女御の御腹にて、寄せ重く、疑ひなきまうけの君と、世にもてかしづき聞こゆれど、この御にほひには並び給ふべくもあらざりければ、おほかたのやむごとなき御思ひにて、この君をば、私物に思ほしかしづき給ふこと限りなし。

桐壺の更衣の産んだ子どもより前に、一の皇子が産まれていたという事実。

そして、天皇の奥さんたちの中で最大の権力者「右大臣の女御」がその子を産んでいたという事実。

これは、今まで桐壺の更衣に余裕な態度を取っていた「女御」こそが、最大の敵になるということを表しています。ただでさえつらい状況の中、この後その激しさが増すことが容易に想像されるわけです。

当時の読者も、ここで悲鳴を上げたことでしょう。

この見事な構成！　天才、紫式部にしかできない芸当ではないでしょうか。

さて、続いて紹介した「はかなき心地にわづらひて、まかでなむとしたまふを、暇さらに許させたまはず」の一文も、実はとんでもない描写です。単に天皇がわがままだから、という以上の意味があり、このシーンを読んだ当時の読者は、驚きのあまりひっくり返ったことでしょう。

そもそも、宮中というところは、神様の子孫である天皇がいらっしゃる場所です。

その宮中に穢れを持ち込むことは、タブー中のタブーです。

これは、天皇がそのタブーを桐壺の更衣に犯させようとしている、という場面なんです……！

もはや好き嫌いでどうにかなる話ではありません。当時、宮中に穢れを持ち込んだとなれば、親族全てが罰せられる可能性さえありました。桐壺の更衣の親族全てを滅亡させるほどのことを、この帝はしてしまっているんです！

それを踏まえた上で読むと、「ただ五六日のほどにいと弱うなれば、母君泣く泣く奏して、まかでさせたてまつりたまふ」という、桐壺の母が涙ながらに訴えたことの意味がわかります。

このあと桐壺の更衣は亡くなってしまいますが、もし宮中で亡くなると考えたら……。

当時の人はハラハラしながらこの場面を読んだに違いありません。

ということで、『源氏物語』は最初から急展開なのです。

第3章 雨夜の品定め

次にご紹介するのは、第二帖「帚木（ははきぎ）」の一幕である、「雨夜の品定め」です。かなり有名なシーンで、学校の古文の授業で読んだことがあるという人もいるかもしれません。

ですがこのシーンって、実は**『源氏物語』中屈指のギャグシーンのオンパレード**で、著者である紫式部自身が地の文でツッコミを入れるくらいなんですよね。

このシーンで登場するのは、四人の男性。光源氏と頭中将（とうのちゅうじょう）、左馬頭（さまのかみ）と藤式部丞（とうしきぶのじょう）です。まあ、後ろの二人は話の本筋とは全然関係ないキャラなので忘れていたのですが、とにかく雨でやることもない夜に、四人の男たちが集まって、「こういう女性がいいよね」という品定めをするシーンだとお考えください。

「品定め」なんてかっこいい名前が付いていますが、**今風に言い換えたら、「猥談（わいだん）」です。**男だけの飲み会の席でよく発生する、「お前はどんな女の子が好き?」ってやつです。現代においても、こうした飲みの席では、過去の恋愛遍歴を語ったり、性癖の暴露大会をしたり、男はスケベ話に花を咲かせることがよくあります。

「男とはスケベな生き物である」とはよく言われることですが、それは今も昔も全然変わらないですね。

しかもここでの登場人物は、みんな光源氏よりも年上のお兄さんたちです。ということは、「お兄さんたちが女遊びの基本を教えてあげよう！」という描写なんです。**うーん、最低ですね。ちなみにこのシーン、意外と入学試験で出題されます。**

現代人は勉強と称してこんなろくでもないシーンを読んで、問題を解いているのです。昔の人が聞いたら「何してんの、未来人？」と呆れるんじゃない

でしょうか。今で言うなら「西暦三千年、漫画ワンピースのギャグシーンが大真面目に読解する対象となり、入試問題で出題されている」というような状況です。ツッコミどころ満載ですね。

ていうかギャグシーンですらなく、この場面は男四人がただ猥談しているシーンなんで、もっと訳のわからない状態だと言えます。

ちなみに、古文の世界ではR18な表現や描写はありません。濡れ場もありませんし、エッチな言葉なども出てきません。古文単語帳にエロい言葉が書かれていないのは、単に古文の世界でそういった表現がNGで、出てこないからです。

ですからこの場面でも、文章上読み取れるのは割とお上品な言葉ではありますが、**まあ本当のところはもっと危ない表現をしていたんじゃないかということは想像できますね。**

さて、そんな猥談のシーンに関して、作者の紫式部は四人の会話を評してこんな風に言っています。

いと聞きにくきこと多かり。

【現代語訳】

本当に聞きにくい話が多かった。

女性である紫式部が、男四人の会話を直接的に描かず、「聞きにくきこと」と言っているということは、どういう意味かわかりますよね？

「どうしようもない男のスケベ話」が展開されたのではないかと推測できます。

いや、どんな猥談してたんだよお前ら……。

中身に関してはあまり触れられていませんが、きっと我々が知らないようなこと（それこそ「聞きにくい話」）がたくさん語られていたのではないでしょうか。

さて、この「雨夜の品定め」の登場人物の一人に、頭中将がいます。

この人物はこの後もずっと『源氏物語』に登場する、光源氏のライバル的ポジションにあたるキャラクターです。光源氏とは割と仲良しだけど、でも「お前には負けないぞ」みたいに争いもする、少年漫画のメインキャラのような関係性の二人になります。具体的には、同じ女性に恋文を送ったりします。

この人物も、「雨夜の品定め」で積極的に「こういう女性がいいよね〜」という話をしている一人です。

……が、ここで一つ、ツッコミどころがあります。

この頭中将というのは、なんと、光源氏の奥さんの「葵の上」の実のお兄さんなんです。

つまりは、光源氏の義理のお兄さんです！

ですから見方を変えると、このシーンでの頭中将は、**「妹の旦那に対して、『妹のことは置いておいて、こういう女の子と遊ぶといいぜ！』**

と女遊びを教えている義理のお兄さん」になります。

いやもう、**ただただ最低**ですね。

もちろん今とは時代背景が違い、一夫多妻制が認められていましたから、我々現代人とは感覚が違います。それに、妹がツンデレすぎて、旦那の光源氏が苦労していることも知っていたので、頭中将としては善意で「貴族の嗜（たしな）みとして、軽く女遊びでも教えてあげるか」みたいなテンションだったのだという解釈もできます。

でも、それを差し引いても「お前何してんだ」って感じですよね。

きっと平安貴族の人たちも、「いや、何してんの（笑）」と笑いながら読んでいたのではないかと思います。そんなシーンを大真面目に読んでいる未来人のことを知ったら、それもまた笑うんじゃないでしょうか。

しかも頭中将、結構発言が危ないです。

大殿油近くて書どもなど見たまふ。近き御厨子なる色々の紙なる文ども

を引き出でて、中将わりなくゆかしがれば、

「さりぬべき、すこしは見せむ。かたはなるべきもこそ」

と、許したまはねば、

【現代語訳】

灯を近くともしていろいろな書物を見ていると、その本を取り出した置き棚にあった、それぞれ違った色の紙に書かれた手紙の殻の内容を頭中将は見たがった。「無難なのを少しは見せてもいいですが、見苦しいのがありますから」と光源氏は許さなかったので、

何しているのかわかるでしょうか?

実はこれ、光源氏が女性に宛てて書いた手紙を探しています。

つまりは、

「おい源氏、女にどんな手紙送ってるのか見せろよ！」

「えー、やだよー」

「いいからお兄ちゃんに見せてみろって！　お、これは○○ちゃんへの手紙かぁ？」


というノリですね。

そして、こう続きます。


「そのうちとけてかたはらいたしと思されむこそゆかしけれ。おしなべたるおほかたのは、数ならねど、程々につけて、書き交はしつつも見はべりなむ。おのがじし、恨めしき折々、待ち顔ならむ夕暮れなどのこそ、見所はあらめ」

と怨ずれば、やむごとなくせちに隠したまふべきなどは、かやうにおほぞうなる御厨子などにうち置き散らしたまふべくもあらず、深くとり置きたまふべかめれば、二の町の心安きなるべし。片端づつ見るに、「かくさまざまなる物どもこそはべりけれ」とて、心あてに「それか、かれか」など問ふなかに、言ひ当つるもあり、もて離れたることをも思ひ寄せて疑ふも、をかしと思せど、言少なにてとかく紛らはしつつ、とり隠したまひつ。

【現代語訳】

「その気を許していて人に見られたら困ると思われる文こそ興味があります。普通のありふれたのは、つまらないわたしでも、身分相応に、互いにやりとりしては見ておりましょう。それぞれが、恨めしく思っている折々や、心待ち顔でいるような夕暮などに書かれた文が、見る価値がありましょう」

と怨(うら)み言をいうので、高貴な方からの絶対にお隠しにならねばならない文などは、このようになおざりな御厨子などにちょっと置いて散らかしていらっしゃるはずはなく、奥深く別にしまって置かれるにちがいないようだから、これらは二流の気安いものであろう。少しずつ見て行くと、「こんなにも、いろいろな手紙類がございますなあ」と言って、当て推量に「これはあの人か、あれはこの人か」などと尋ねる中で、言い当てるものもあり、外れているのをかってに推量して疑ぐるのも、おもしろいとお思いになるが、言葉少なに答えて何かと言い紛らわしては、取ってお隠しになった。

つまり、光源氏の手紙を勝手に漁(あさ)った上で、誰宛の手紙なのかを予想しはじめた、というのです。

この状況を現代の我々に置き換えると、飲み会の席で若手のスマホを取って「どれどれ、どんなＬＩＮＥしてるのか見てやろう」「ちょっと先輩、やめてくださいよー！」みたいなシーンになります。**完全にパワハラです。**

うーん。やっぱり頭中将、やばいですね。何しているんですかねこの人。

でも、頭中将も意外といろいろ考えて発言しているような描写もあるんです。「こういう女性がいいよね」「いやこういう女の子でしょ！」とトークしている際に、ふと頭中将が「でもさー」と話を区切って、こんなことを言うのです。

「さしあたりて、をかしともあはれとも心に入らむ人の、頼もしげなき疑ひあらむこそ、大事なるべけれ。わが心あやまちなくて見過ぐさば、さし直してもなどか見ざらむとおぼえたれど、それさしもあらじ。ともかくも、違ふべきふしあらむを、のどやかに見忍ばむよりほかに、ますことあるまじかりけり」と言ひて、わが妹の姫君は、この定めにかなひたまへりと思へば、

【現代語訳】

「今の恋人で、女性に対して深い愛着を覚えていながら、その女性の愛に信用が持てないということはよくないことだ。男の愛が深ければ、女のあやふやな心持ちも直して見せることができるはずだが、どうだろうかね？　方法はほかにはないと思うので、気長にじっと見ていく以外ないだろう」と頭中将は言って、自分の妹の姫君はこの結論に当てはまっていらっしゃると思うと、

「女性が靡（なび）いてくれないのはさ、結局やっぱ男が深い愛情を持って気長に待つしかないんだよねー」と言って、光源氏の方をチラッと見たというのです。

要するに、あんまり光源氏にデレていない妹との接し方をさりげなくアドバイスしていたわけですね。「だからさー、妹の葵の上も、きっと気長に待ってればデレてくれるよ、たぶん！」と。

まあ、**「それもどうか」と思うアドバイスではありますが**、きちん

と妹の恋路のバックアップをしてあげているっぽいです。意外といいところもあるのかもしれません。

では、源氏はそう言われてどんな反応だったのでしょうか？

君のうちねぶりて言葉まぜたまはぬを、さうざうしく心やましと思ふ。

【現代語訳】
源氏の君が居眠りをして意見をさし挟みなさらないのを、頭中将は物足りなくて不満に感じる。

ええ、光源氏、肝心なところで寝てる⁉

飲み会でちょっといいことを言ったと思って相手を見たら居眠りしてる、みたいなシチュエーションです。本当、間が悪いというかなんというか……。

ちょっと脱線するのですが、この「雨夜の品定め」のシーンって、全体的にギャグテイストです。割とシリアスな過去の恋愛遍歴などを話しているからスルーしてしまう人も少なくないのですが、かなりボケが多くて、読者にツッコミを求めていたり、時には筆者が地の文でツッコミを入れていたりするシーンが続きます。


「はかなきことだにかくこそはべれ。まして人の心の、時にあたりて気色ばめらむ見る目の情けをば、え頼むまじく思うたまへ得てはべる。そのはじめのこと、好き好きしくとも申しはべらむ」

とて、近くゐ寄れば、君も目覚ましたまふ。中将いみじく信じて、頬杖をつきて向かひゐたまへり。法の師の世のことわり説き聞かせむ所の心地するも、かつはをかしけれど、かかるついでは、おのおの睦言もえ忍びとどめずなむありける。

【現代語訳】

「つまらない芸事でさえこうでございます。まして人の気持ちの、折々に様子ぶっているような見た目の愛情は、信用がおけないものと存じております。その最初の例を、好色がましいお話ですが申し上げましょう」

と言って、左馬頭は膝を進めた。源氏も目を覚ました。中将は左馬頭の話を熱心に聞いていて、頬杖をついて正面から相手を見ていた。この様子は、まるでお坊さんが過去未来の道理を説法する席のようで、おかしいが、この機会に各自の恋の秘密を持ち出されることになった。

参加者の一人である左馬頭が、散々いろんな話をした上で「要するにさあ、女の愛情ってのは信用できないよね」と熱弁し、「光源氏くん、そうなんだよ」と寝ている光源氏を起こして語り出しました。

いや、わざわざ起こしてまで語るようなことか⁉︎ と思いますが、頭中将はそれを聞いて「**なるほど、勉強になるな**」といった雰囲気で超真面目に聞いています。

真面目に語り合うのはいいんですが、内容は「女ってやつはこうだよな」というバカ話でしかありません。**何してるんでしょうかこの人たち。**

この様子に作者は「**なんかもう、お坊さんが世の理を説いているような感じだけど、全然そんなことないからね？　おかしいことになってるよ？**」と地の文でツッコミを入れています。

そしてなんと、「いい機会だ」と各自が今までの恋愛遍歴を語り出します。「自分はこんな恋をしてきた」「こういう女性との恋愛がうまくいった、うまくいかなかった」という話を一人一人していくのです。

この場面、確かに雰囲気こそ真面目なのですが、よくよく読んでみると半分は自慢、半分は愚痴です。

中将、「なにがしは、痴者の物語をせむ」とて、

【現代語訳】

頭中将は、「私は馬鹿な体験談でも話しましょうかね」と言って、

こんな風に、話す内容といえば、基本的にうまく行った話ではなくて、「これは失敗談なんだけどさー」というテンションです。

そして、その中身をよくよく吟味（ぎんみ）すると、「こんな女と付き合ったんだよね〜」と、反省のように見せかけて自慢をしまくっています。

「はやう、まだいと下﨟にはべりし時、あはれと思ふ人はべりき。聞こえさせつるやうに、容貌などいとまほにもはべらざりしかば、若きほどの好き心地には、この人をとまりにとも思ひとどめはべらず、よるべとは

思ひながら、さうざうしくて、とかく紛れはべりしを、もの怨じをいたくしはべりしかば、心づきなく、（後略）

【現代語訳】

左馬頭は言った。「若いころ、まだ私が下級役人でございました時のこと、『愛しいな』と思う女性がおりました。申し上げましたように、容貌などもたいして優れておりませんでしたので、若いうちの浮気心から、この女性を生涯の伴侶とも思い決めませんで、通い所とは思いながら、物足りなくて、何かと他の女性にかかずらっておりましたところ、大変に嫉妬をいたしましたので、おもしろくなく、

失敗談ということで「あいつ、嫉妬深くて良くない女でさー」と女性のせいにして話していますが、よく聞くと「**二股かけてたら一人からめっちゃ嫉妬されちゃってさー**」ということです。どう考えても男が悪いような気がしま

すが、この人たちはそんな風には考えないみたいですね。

「雨夜の品定め」では基本、一途に一人の女の人を愛していればこんな問題は起こらなかったよな、と思うような後悔ばかりを口にする男たちが、「こんな女がいいよね」と語りまくっているシーンが大真面目にずっと続きます。女性である紫式部はどんな気持ちでこのシーンを書いていたんでしょうか……。

そして、この人たちのノリノリぶりが露骨にわかるシーンもご紹介しましょう。

「式部がところにぞ、けしきあることはあらむ。すこしづつ語り申せ」と責めらる。

「下が下の中には、なでふことか、聞こし召しどころはべらむ」と言へど、頭の君、まめやかに「遅し」と責めたまへば、何事をとり申さむと思ひめぐらすに、「まだ文章生にはべりし時、（後略）

【現代語訳】

「式部のところには、変わった話があるでしょう。少しずつでいいから、話して聞かせてほしい」と催促される。

「私どもは下の下の階級なんですよ。おもしろくお思いになるようなことがどうしてございますものですか」といって式部丞は話をことわっていたが、頭中将は「早く早く！」と話を迫るので、何をお話し申そうかと考えた結果、「まだ文章生でございました時、

要するに、

「おい、お前も喋れよ」

「えー、俺なんて全然モテないよー」

「そういうのいいから、早く話せよ」

「うーん、じゃあ昔こんなことがあってさー」

みたいな感じですね。

なんだろう、これは**修学旅行の男子部屋の会話かよ？**　とツッコミたくなるくらいの気安い会話です。

ただ、光源氏だけはあんまり会話に参加しません。ずっと聞いているだけです。まだ恋愛経験があまりないからか、話を聞く方に徹しているんですよね。

しかし、この場に光源氏がいることは後々、『源氏物語』という作品に大きく効いてきます。

実はこの「雨夜の品定め」はこんなギャグシーンなのに、かなり伏線が張られています。光源氏もこの後、いろんな女性に手を出しては嫉妬され、大変なことになるのですが、「雨夜の品定め」で聞いた男たちの失敗談が、そのまま光源氏にも返ってくることになるのです。

その上、もう一つ大きな伏線として、「頭中将の元カノの話」があります。頭中将は、「可愛いな、この子」と思って愛し合っていた女の子がいたそうなのですが、頭中将の奥さんの家からちょっかいを出されて困ってしまい、ついには行方知れずになってしまったそうなのです。

まだ世にあらば、はかなき世にぞさすらふらむ。あはれと思ひしほどに、わづらはしげに思ひまとはすけしき見えましかば、かくもあくがらさざらまし。こよなきとだえおかず、さるものにしなして長く見るやうもはべりなまし。かの撫子のらうたくはべりしかば、いかで尋ねむと思ひたまふるを、今もえこそ聞きつけはべらね。

【現代語訳】

まだ生きておれば相当に苦労をしているでしょう。私も愛していたのだから、もう少し私をしっかり離さずにつかんでいてくれたなら、そうしたみじめな目に遭いはしなかったのです。長く途絶えて行かないというようなこともせず、妻の一人として待遇のしようもあったのです。撫子の花と母親の言った子もかわいい子でしたから、どうかして探し出したいと思っていますが、今に手がかりがありません。

ということで、頭中将はまだその女性を探しているそうです。

この女性、なんとこの後で光源氏が出会うことになります。

さて、「あれ、この人って頭中将の言っていた人じゃないか」と気づいた光源氏は、どうしたと思いますか？　普通は頭中将に知らせますよね？

でも、光源氏の行動は違いました。

おそらく、ここまで源氏の行動を見てきたみなさんなら予想がつくのではないでしょうか？

光源氏自身が、その女性と恋仲になってしまうのです！

「雨夜の品定め」では全然話に参加せず、うたた寝して起こされるくらいだったのに、後でちゃっかり自分が恋仲になっているんです！

しかも恋仲になったその女性は、光源氏の別の恋人の嫉妬心で殺されてしまいます。あれだけ「女の嫉妬は怖いぞ、聞いておけよ！」と三人から言われていたのに、です。

つまり光源氏はこの夜、「二股かけたら嫉妬されてうまく行かないよね」という話は頭からすっぽ抜けていたのに、「頭中将の元カノが可愛かった」という話だけはしっかり聞いていたということになります。

いや、お前何しとんねん！ 光源氏は主人公のくせに、この後もこういう「ちゃっかり」が意外と多いキャラです。

さて、こんなギャグシーン全開の「雨夜の品定め」も終わりの時間がやってきます。いろんな女性との体験談を話して、作者曰く「高尚な僧のように」女性の話をしていた四人の議論は、どんな結論に落ち着くのでしょうか？

このシーンは、こんな風に締めくくられます。

いづ方により果つともなく、果て果てはあやしきことどもになりて、明かしたまひつ。

【現代語訳】

どういう結論に達するというでもなく、最後は聞き苦しい話に落ちついて、夜をお明かしになった。

いや、あれだけ恋愛の話をしておいて、結局最後は猥談に落ち

着くんかい⁉

雨夜の品定めは、結局「聞き苦しい話」に戻って終わります。
本当、男っていつの世の中も変わらないですね。

第4章
若紫誘拐
WAKA
MURA
SAKI

雨夜の品定めの次は、世界最古の物語文学・『源氏物語』の中で、ガチの問題シーン・若紫誘拐事件について解説したいと思います。

「若紫」という女性は、当時十歳の女性で、その後成長して光源氏と結婚して「紫の上」になる女性です。

十八歳の光源氏が十歳の女の子と出会い、**「この子を自分の奥さんにしたい！」**という問題発言&その後のドン引き行動をしたシーンについて、ツッコミを入れながら追っていきましょう。

なお、この章では紫の上のことは「若紫」という名前で呼んでいきます。

まず、このシーンに至るまでの流れをご説明します。

①光源氏、頭中将の元カノと仲良くなる

先ほどの「雨夜の品定め」で、頭中将の元カノの話がありましたね。その元カノと光源氏は仲良くなります。彼女は「夕顔」というのですが、すごく可愛く、光源氏は本当に夕顔のことが好きになります。

②夕顔、殺される

光源氏、ここに来てようやく、幸せなひとときを過ごします。

しかし、「やっと心の安寧が得られた、この女の子と一緒にいれば俺は幸せ！」と思えるようになった矢先、なんと夕顔、死んでしまいます。

死因は、「光源氏の別の彼女からの嫉妬」です。その別の彼女は六条御息所という女性なのですが、彼女は光源氏の気持ちが自分から離れてしまったことに悩んでおり、眠っている間に生き霊となってしまい、光源氏と一緒にいた夕顔を殺してしまったのでした。

……いきなりなんかファンタジーが始まった!?　と思うかもしれませんが、この時代には呪いや呪術、幽霊や妖怪など、そういう超自然的なものは「ある」という常識のもとで物語が進んでいきます。

そして、「不倫相手の女性を呪い殺すって、メンヘラかよ」と思うかもしれませんが、原文だとこの六条御息所、「眠っている間についうっかり」で殺してしまっています。嫉妬深い自分の本性を恥じるシーンもあるので、メンヘラとは若干違うかもしれません。

どちらかというと、愛が深すぎたということで、ヤンデレなのかな？　と思います（ここではヤンデレとメンヘラの違いについては論じませんが……）。

③光源氏、傷心して病気に

ということで、やっと最愛の人が見つかったと思ったのに、半分自分のせいでその人が死んでしまった光源氏。とても深く傷つき、精神的にもまいってしまった結果、病気になってしまいます。
その病気を治すために、僧に治療を頼むことにしました。京都郊外のお寺に行って治療をしてもらい、帰りに「少し散歩でもするかー」と歩いていた時、ある少女との出会いが訪れます。

「雀の子を犬君が逃がしつる。伏籠のうちに籠めたりつるものを」とて、いと口惜しと思へり。

【現代語訳】
「雀の子を、犬君が逃がしちゃったの。カゴの中に閉じこめておいたのに」と言って、とても残念がっている。

まあ、完全に子供の言動ですね。乳母に対して駄々を捏(こ)ねています。
それを見た光源氏の反応がこちらです。

つらつきいとらうたげにて、眉のわたりうちけぶり、いはけなくかいやりたる額つき、髪ざし、いみじううつくし。「ねびゆかむさまゆかしき人かな」と、目とまりたまふ。

【現代語訳】
顔つきが非常にかわいくて、眉のほのかに伸びたところ、子供らしく自然に髪が横撫でになっている額も、髪も、とても美しく感じた。「成長して行くさまが楽しみな人だなあ」と、お目がとまりなさる。

光源氏、女の子をめっちゃ褒めてます。**いや、十歳の女の子だよね?** 十歳の女の子に「美しい……」と言っています。ちょっとヤバい空気を感じますが、なんで光源氏はこんなにこの女の子に心惹かれているのでしょう？
まだ物語は続きます。

さるは、「限りなう心を尽くしきこゆる人に、いとよう似たてまつれるが、まもらるるなりけり」と、思ふにも涙ぞ落つる。

【現代語訳】
なぜこんなに自分の目がこの女の子に引き寄せられるのか、それは限りなく心を奪われている藤壺によく似ているからであると気がつき、光源氏は涙が熱く頬を伝った。

光源氏、ついに泣き出しました。十歳の女の子の美しさに涙を流しています。**ほ**

んと、大丈夫でしょうか、この人。

とはいえ、光源氏がこの女の子に心を奪われている理由はわかりました。最愛の人である藤壺と似ていたんですね。実はこの女の子、藤壺の親戚であることが後々判明します。この女の子のことを「好き」と感じてしまったのは、藤壺と似ていたからなんですね。

……だからと言って十歳の女の子の姿を見て涙するのはちょっとどうなんだろう、というツッコミどころはありますが、まあそこには一旦、目を瞑（つむ）ることにしましょう。

だって、みなさん光源氏の藤壺に対する形容を見ました？

「限りなく心を奪われている女性」ですって。それだけ愛しているのに、それでも愛してはいけない女性なのですから、彼女と似ている女の子を見て涙を流すのも、**まあ理解できる……ような気が……しなくもないかもしれないですね**（擁護しようと思ったけど難しかったです）。

そしてその後、この少女「若紫」と実際に話してみて、まだ若い、というか幼いのにすごく教養もあって、お話ししていても面白いと心惹かれます。その時、光源氏は若紫のことをこんな風に評しています。

かの人の御代はりに明け暮れの慰めにも見ばや。

【現代語訳】

あの人（藤壺）の代わりに、日々の慰めとして、あの子を見たいものだ。

……なんてことを言っているのでしょうか。**やっぱりこいつ擁護できないですね！**

なんですか、「片思いしている義母の代わりに日々の慰めとしてあの子を見たい」って。**キモさ全開です。**そしてこれは後々の伏線になってくるのですが、この発言の通り、光源氏が若紫のことを好きになったのは、藤壺の代わりだからです。彼は、若紫のことが好きなのではなくて、その向こうにいる藤壺を愛しているわけです。**ひどいやつですね。**

ちなみに本筋とは関係ないですが、この後で若紫と一緒にいた乳母のもとに人がやってきて「なんか光源氏さんが近くまで来ているらしいから、しっかり戸締まりした方がいいよ」と言っています。

もう若紫は光源氏にガッツリ見られちゃっているんですが、それに気づかないいま、こんなトークが展開されます。

「あないみじや。いとあやしきさまを、人や見つらむ」とて、簾下ろしつ。「この世に、ののしりたまふ光る源氏、かかるついでに見たてまつりたまはむや。世を捨てたる法師の心地にも、いみじう世の憂へ忘れ、齢延ぶる人の御ありさまなり。いで、御消息聞こえむ」

【現代語訳】

尼は「たいへん、こんな所をだれか御一行の人がのぞいたかもしれない」といって簾を下ろした。

僧は、「世間で評判の源氏の君のお顔を、こんな機会に見せていただいたらどうでしょうか。人間生活と絶縁している私たちのような僧でも、あの方のお顔を拝見すると、世の中の嘆かわしいことなどは皆忘れることができて、長生きのできる気のするほどの美貌です。さて、私も御挨拶をすることにしましょう」と言った。

どうやら**光源氏の美貌は、見ると寿命が延びるほどだそう**です。

「どんだけイケメンなんだこいつ」って感じですが、まあ現代でも男性タレントに対して同じようなことを言っている女性ファンはいますから、あながち誇張された表現でもないのかもしれませんね。

まあ、**そのイケメンが、脳内では相当残念なことを考えているというギャップは単純に笑えますが……。**

さて、そんな中で光源氏は、若紫がどんな出自の子なのかを聞きます。曰く、若紫のお母さんは早くに亡くなってしまっていて、父親は兵部卿宮(ひょうぶきょうのみや)という由緒ある家柄の人だったのだそうです。でもお父さんは、正妻である北の方と暮らしていて、若紫はおばあちゃんである尼さんに育てられているのだそうです。だからお寺にいたんですね。

割と複雑な家庭環境の中で育てられていることがわかったわけですが、それを知った光源氏はこんな風に言います。

「あやしきことなれど、幼き御後見に思すべく、聞こえたまひてむや。思ふ心ありて、行きかかづらふ方もはべりながら、世に心の染まぬにやあ

らむ、独り住みにてのみなむ。まだ似げなきほどと常の人に思しなずらへて、はしたなくや」などのたまへば、（後略）

【現代語訳】

「妙なことを言い出すように聞こえると思いますが、私にその小さいお嬢さんを、託していただけないかとお話ししてくださいませんか？私は妻について一つの理想がありまして、ただ今結婚はしていますが、普通の夫婦生活なるものは私に重荷に思えまして、まあ独身もののような暮らし方ばかりをしているのです。まだ年がつり合わぬなどと常識的に判断をなすって、失礼な申し出だとお考えになられるでしょうか」と源氏は言った。

「妙なことだと思うでしょうが、そのお嬢さんを私にください」と言い出しました。もちろん、この時まだ初対面ですが、この男はそんなことお構いなく、ストレートに自分の欲望を表明します。

「妙なことだと思うでしょうが」とか「常識的に考えると年が釣り合わないと思うでしょうが」とか、逆に割と自分の奇行に自覚的な発言をしているのが、逆に怖いですね。**いや、「妙なことだと思うでしょう」じゃないよ。ならいうなよ。**

さて、この申し出に対する返事は、どんなものだったのでしょうか？

〰〰〰〰〰〰〰〰〰〰〰〰〰〰〰

「いとうれしかるべき仰せ言なるを、まだむげにいはけなきほどにはべるめれば、たはぶれにても、御覧じがたくや。（中略）かの祖母に語らひはべりて聞こえさせむ」と、

すくよかに言ひて、ものごはきさましたまへれば、若き御心に恥づかしくて、えよくも聞こえたまはず。

【現代語訳】

「それは非常に結構なことでございますが、まだまだとても幼稚なものでございますから、仮にもお手もとへなど迎えていただけるものではありません。でも、一度あの祖母に相談しまして、お返事申し上げさせましょう」と、無愛想に言って、取り付く島もない様子でいらっしゃるので、光源氏の若いお心では恥ずかしくて、上手にお話し申し上げられない。

「**いや、まだ小さいんで……**」という返しでした。うん、**そりゃそうだ**というリアクションですね。

そして、割とドン引きなのか、結構無愛想な対応をされています。一応おばあちゃんには相談してもらえるそうですが、しかしこれは無理筋でしょうね。

実際、若紫のおばあちゃんからは普通に断られます。「いや、まだ小さいし、結婚とかそういうのはちょっと……」と。

さて、断られた光源氏はと言うと、おばあちゃんにこんなことを言います。

よかったです、**光源氏以外はみんな、普通に分別があります。**

みな、おぼつかなからずうけたまはるものを、所狭う思し憚らで、思ひたまへ寄るさまことなる**心**のほどを、御覧ぜよ。

【現代語訳】

私は、（年齢の件も含めて）何もかも存じており、その上でお話ししているのです。そんな年齢の差などはお考えにならずに、私がどれほどそうなるのを望んでいるのかという、この熱心さの度合いを御覧ください。

「そこをなんとか、私だって年の差とかそういうのは考えています！　それでも私はあの子が欲しいんだ！」ってことですね。**もうここまでくると怖いです。**何が彼にそこまでさせるのかと思いますが、こんなにも彼は若紫と結婚したいそうです。まあ、それでも最終的に断られて、一度光源氏は帰ることになります。

でも。帰ってからもずっとあの子のことを考えています。
そして、こんな手紙を送ります。

もて離れたりし御気色のつつましさに、思ひたまふるさまをも、えあらはし果てはべらずなりにしをなむ。かばかり聞こゆるにても、おしなべたらぬ志のほどを御覧じ知らば、いかにうれしう。

【現代語訳】

あなたたちが取り合って下さらなかったご様子に気がひけて、自分が思っておりますことをも、十分に申せずじまいになりました。これほどに申し上げておりますことにつけても、自分のこの並々ならぬ執心のほどを、お察しいただけたら、どんなに嬉しいことでしょうか。

いや怖いわ！　もうストーカーばりの行動力じゃないか！

この源氏の行動に、手紙を受け取った大人たちはどんな風に思ったのでしょうか？

「あな、かたはらいたや。いかが聞こえむ」と、思しわづらふ。

【現代語訳】

「まあ、困ったこと。どのようにお返事申し上げましょう」と、お困りになる。

困ってます。そりゃ困るわ、こんな手紙が届いたら！

本当に、光源氏の異常行動には困ったものです。

だってそもそも、あと何年か待ってくれさえすれば、若紫は成長して、正式に奥さんにすることもできます。だから「まだ若いから……」とみんなが言うのです。

そういった事情を全部吹っ飛ばして、光源氏は「今あの子が側にほしい」と言っているのです。

藤壺となかなか会うことができず、夕顔は死んでしまって、寂しいんでしょうか。それにしても巻き込まれる周囲は大変です。

さて、そんな中で転機が訪れます。それは、先ほど話していた若紫のおばあちゃんが病気になって、亡くなってしまったのです。

光源氏も、小さい時にお母さんを亡くしています。若紫も同様なわけですが、それに加えておばあちゃんまで亡くなってしまったというのは、どれほど悲しんでいるだろうかと光源氏は心配になります。

そして、同時に光源氏は従者からこんな連絡を受けます。

「若紫は、あの家から出て、お父さんのところに引き取られるそうです」と。

唯一の肉親ですから、当然と言えば当然ですね。でも、ずっと会っていなかったお父さんと一緒に暮らすというのはなかなか大変なことではないでしょうか。

ここで光源氏は、悩みます。

若紫がお父さんに引き取られてしまったら、自分はなかなか会えなくなってしまうかもしれない。その前に、なんとかする方法はないだろうか。

ちなみに光源氏は、若紫がお父さんに引き取られることについて、こんなことも言っています。

頼もしき筋ながらも、よそよそにてならひたまへるは、同じうこそ疎うおぼえたまはめ。（中略）浅からぬ心ざしはまさりぬべくなむ。

【現代語訳】

頼みであるお父様のお邸ではあっても、小さい時から別の所でお育ちになったのだから、私に対するお気持ちと親密さはそう違わないだろう。私の愛の方がお父様より大きいだろう。

「**お父さんより俺の方が若紫のことを愛してるもんね！**」とか言っています。本当にストーカーみたいなことを口走っていますが、大丈夫なのでしょうか？

結論から言うと、大丈夫ではありませんでした。なんと光源氏、とんでもない暴挙に出ます。

それは「**お父さんの家に行く前に若紫を誘拐する**」というものです。

ついに一線を超えたなお前!? ただ一応、光源氏もかなり葛藤はしていたようです。

君、「いかにせまし。聞こえありて好きがましきやうなるべきこと。人のほどだにものを思ひ知り、女の心交はしけることと推し測られぬべくは、世の常なり。父宮の尋ね出でたまへらむも、はしたなう、すずろなるべきを」と、思し乱るれど、(後略)

【現代語訳】

源氏の君は、「どうしようか。噂が広がって好色めいたことになりそうなことよ。せめて相手の年齢だけでも物の分別がつき、女が情を通じてのことだと想像されるようなことだったら、世間一般にもあることだ。もし父宮がお探し出された場合も、体裁が悪く、格好もつかないことになるだろうから」と、お悩みになるが、まあそりゃそうですね。お父さんが若紫を探したりしたら大変です。でも、光源氏はこう考えます。

さて外してむはいと口惜しかべければ、まだ夜深う出でたまふ。

【現代語訳】
この機会を逃したら大変後悔することになるにちがいないので、まだ夜の深いうちにお出になる。

悩んだ末の結論は、「ここを逃したらダメだ、夜のうちに誘拐しよう！」というものでした。

おいマジかよ、ガチ犯罪に手を染める気だぞ⁉

で、夜に屋敷に行って、若紫を誘拐します。そのシーンはこう描かれます。

若君も、あやしと思して泣いたまふ。少納言、とどめきこえむかたなければ、昨夜縫ひし御衣どもひきさげて、自らもよろしき衣着かへて、乗りぬ。

【現代語訳】
姫君（若紫）も、怪しくなったので、泣き出してしまった。少納言は、光源氏を止める術がないので、昨夜縫った姫の着物を手にさげて、自身も着がえをしてから車に乗った。

若紫、泣き出しています。本当に誘拐です。もう言い訳できないくらい、ガチの犯罪です。

ます。

周りの人も、もう光源氏の行動を止める方法がないので、仕方なく付き従っています。無駄に行動力のあるやつが権力を持っていると、本当に止められないですね。

大丈夫？ これ、世界最古の物語文学だよ？

ということで、光源氏は若紫と一緒に暮らすことになります。若紫に自分の理想の女性になってもらえるように、いろんな教育を施していきます。その甲斐あって彼女は「紫の上」としてとても立派に育つことになるのでした。

今でもこのように、「好きな人に小さい時から英才教育を施して自分の理想の異性に育て上げ、大人になったら結婚すること」を指して「**光源氏計画**」と呼ぶことがあります。なんて邪悪な計画名なんだ……。

しかしみなさん、なんで光源氏は、こんなに我慢できなかったんでしょうか？

確かに「やっちゃいけないことをやる」という点において、光源氏は一貫しています。お父さんの奥さんに手を出したり、義理のお兄さんの元カノに手を出したり。でも、さすがにこのシーンの光源氏は異常行動が過ぎます。どうしてこんな風になってしまったんでしょうか？

もっと言えば、どうして若紫が大人になるまで、待てなかったのでしょうか。大人になるまで待って、正式に結婚すればよかったはずです。

一つの可能性として考えられるのは、やはり藤壺への執着です。実はこの若紫誘拐の場面、途中で藤壺とのワンシーンが挿入されているのです。

それが1章でもお話しした、「一度きりの禁断の逢瀬」です。源氏と藤壺が一度だけ夜を共にすることになり、その結果、藤壺が子供を身籠ってしまったことで、二度と藤壺と関係を持つことができなくなってしまったのがこの若紫誘拐のタイミングだったのです。

二度と会えない藤壺と、これからずっと一緒にいられるかもしれない若紫。

そう考えた時に、「ここで行動を起こさなければ、一生後悔するかもしれない」と思ったわけですね。

そして、もう一つ忘れてはいけないのは、「小さい時から一緒にいれば、自分の理想通りにできる」ということです。

今でもいますよね、相手のことを自分色に染め上げて、自分の望むものしか相手に身につけさせたくなくて、自分以外の異性とちょっと話しているだけで嫉妬するような人。「自分の理想通りになってほしい」という仄暗(ほのぐら)い欲望は、もしかしたら昔から今に至るまで、みんなが持っている欲望なのかもしれません。

相手を愛するあまり、相手の意思や世間の評判・常識とは逆行する行動を取ってしまう人のことを、「ヤンデレ」と呼びます。この章の最初で「六条御息所はヤンデレだ」と申しましたが、光源氏も立派なヤンデレだったんじゃないか、というのが僕の仮説です。

でもまあ、今の漫画やアニメでも、ヤンデレというのは人気のジャンルだったりします。それくらい人のことを愛している人のことですからね。

でも実は、光源氏はただのヤンデレではないんです。なぜなら光源氏がこんなに若紫に拘泥するのは、藤壺の代わりだからです。藤壺が自分の思い通りにならないから、せめて似ている若紫だけは思い通りにしようとして、異常行動に走ってしまっているのです。

藤壺が好きで好きでしかたなくて、その代わりとして若紫のことを好きになったわけです。本人ではなく、代替品でしかない。このことは、若紫が成長して紫の上になった後にも付きまとってくる問題です。

光源氏は、本当に手に入れられない藤壺の代替品として、人を愛してしまうのです。もっと言えば、この「藤壺のことが好き」という愛も、実は代替品でしかありません。光源氏は三歳の時に亡くなってしまったお母さんの面影を、藤壺に見ています。ですから、藤壺のことも代替品として愛しているのです。もっとも、それに光源氏が気づいているかはわかりませんが……。

さて、ということで光源氏の問題行動の裏には藤壺への愛があったわけですが、その藤壺と光源氏の関係を大きく変える出来事が起こります。それが次章で扱う藤壺の出家です。

辻先生のコメント

若紫の登場、いかがでしたか？
実はこのシーン、一つ秘密が隠されています。

雀の子を犬君が逃がしつる。

ここは『伊勢物語』の「初段」の展開を模倣した、今風に言えばパロディ展開になっています。

『伊勢物語』は京都から南の奈良に向かう物語です。それに対して『源氏物語』は京都から北の北山に出かけます。『伊勢物語』では狩りという健康的なスポーツに出かけたのに対し、『源氏物語』では病気の治療に出かけます。そして『伊勢物語』では、垣間見するのが男の異母妹。他方で『源氏物語』では、初老の尼を垣間見しています。この対比、わかる人にとってはニヤニヤしてしまう展開になっているんです。

そして、「雀の子を犬君が逃がしつる」という『伊勢物語』の初段を出したことは、『伊勢物語』の代表的な場面である「二条の后」や「斎宮の禁忌の恋」を連想させる仕掛けにもなっています。これも当時の人なら再読するあたりで気づき、「え、もしかして、『伊勢物語』のパロディが入っているということは、もうここで藤壺との密通の伏線があったの⁉」と驚愕したことでしょう。

さて、西岡さんがツッコミどころとして取り上げた「源氏が若紫を見て泣くシーン」も、実は少しだけ仕掛けがあります。若紫を見て泣く源氏の姿に、読者は「彼は藤壺のことをそんなに愛していたのか」と気づくのです。

女の子にくぎ付けとなってしまい、その理由に光源氏も気づきません。やがて、「なぜ、この女の子に魅かれたんだろう？　そうか、藤壺と似ているのか」と悟ります。

ここで初めて、結ばれるはずのない藤壺への思いがどこまでも深いことに気づき、驚きとともに、涙が自然と流れます。これまでも思いをほのめかす記述はあったものの、「まさか義母への恋心が本当に燃え上がっていたとは」と、この時に読者すらも驚きをもって知るわけです。そして、光源氏が若紫に魅かれていくのは、ただ似ていたからだけではなく、運命的なことだとも説明されます。

ちなみに、若紫も生まれてすぐに母を喪（うしな）っています。彼女の母も、正妻からの嫌がらせによって、心労を募らせ亡くなったのでした。そして、その半年後に祖母も亡くなります――光源氏と全く境遇が一緒なんです。光源氏の祖母も若紫の祖母も、按察使の大納言という役職の夫を持っているところまで同じです。若紫を自分に重ねるからこそ、尼君を亡くした若紫を光源氏が引き取り、その苦境から救い出すという展開に話が進むことになります。

ということで、「ただ単に若紫がかわいいから誘拐した」というだけではないよ、ということを国語の先生として補足させていただきました。

第5章
藤壺の出家
FUJITSUBO

さて、次にご紹介するのは、光源氏が藤壺の出家を受けて大ショックを受け、あろうことかお兄さんの婚約者である朧月夜と不倫するワンシーンです。

光源氏が窮地に立たされるきっかけとなる大きな出来事ですが、ここもツッコミどころが多いので、解説させてください。

ここまでの流れをおさらいすると、まず光源氏が藤壺にアプローチして、「一回だけ、一回だけでいいから！」と最低なチャラ男みたいなことを言って口説き落とし、お約束のようにその一回で子供ができてしまい、表向きはお父さんの子供としてその子が育ってきた、という中での一幕です。

ちなみに、『源氏物語』はこういう「お約束展開」のオンパレードです。

- 高貴な人が、身分が全然違う貧乏で可哀想な女の子に恋をしてしまう
- 若い後妻と子供が禁断の愛を育んでしまう
- 一回だけという約束で夜を共にしたら、その一夜で子供ができてしまう

こういう、みなさんも一度はドラマや小説で見たような展開がたくさんあるのが『源氏物語』です。

ですが、これは順序が逆で、『源氏物語』でこういう展開があったから、今の作品の「お約束展開」ができたのです。なんといっても「世界最古の物語文学」ですから、エンタメ作品のお約束は『源氏物語』が出発点なのですね。

さて、話を戻してこのシーンです。

まず、事の始まりは、光源氏のお父さんである天皇が亡くなってしまったところを見てみましょう。

大后も、参りたまはむとするを、中宮のかく添ひおはするに、御心置かれて、思しやすらふほどに、おどろおどろしきさまにもおはしまさで、

隠れさせたまひぬ。足を空に、思ひ惑ふ人多かり。

【現代語訳】

弘徽殿大后も、天皇にお見舞いに参ろうと思っているが、中宮がこのように付き添っていらっしゃるために、ためらいになっていらっしゃるうちに、たいしてお苦しみにもならないままで、お亡くなりになった。多数の人が悲しんだ。

このシーン、「え、お父さん死んだの!?」と驚くくらいあっさりと描かれています。「お前がしっかりしていればこんなことにはなってないんだよ」と読者の多くからツッコまれている光源氏のお父さんですが、このタイミングで亡くなってしまいます。光源氏にとっても藤壺にとってもショックですが、しかし二人の関係がバレない状態で亡くなったというのは、ある意味では不幸中の幸いだったのかもしれません。

ですが、天皇の死によって発生した新たな問題があります。光源氏と藤壺の子の後ろ立てになってくれる人がいなくなってしまったことです。天皇が生きていたうちは、みんなが子供（光源氏と藤壺の子）のことを可愛がってくれていたわけですが、亡くなってしまった後では誰も助けてくれないんですね。

そこで藤壺が頼りにしなければならないのは光源氏でした。まあ光源氏にとっては自分の子供ですから、助けるのは当然です。二人は子供のためにいろいろ手を回します。

しかし、光源氏の問題行動はまだ続いていたのです。

春宮を見たてまつりたまはぬを、おぼつかなく思ほえたまふ。また、頼もしき人ものしたまはねば、ただこの大将の君をぞ、よろづに頼みきこえたまへるに、なほ、この憎き御心のやまぬに、

【現代語訳】

東宮（光源氏と藤壺の子供）のためには、ほかの後援者がなく、ただ光源氏のことだけを藤壺も頼りにしていたが、ことここに至っても光源氏は藤壺に対する執心が全く冷めなかった。

光源氏、お前この期に及んでまだ藤壺にアプローチしてんの⁉

藤壺もびっくりです。天皇が亡くなって政治的に大変な時に、なんでまだ藤壺にアタックするかなあ……。

藤壺もこれにはドン引きです。

ともすれば御胸をつぶしたまひつつ、いささかもけしきを御覧じ知らずなりにしを思ふだに、いと恐ろしきに、今さらにまた、さる事の聞こえありて、わが身はさるものにて、春宮の御ためにかならずよからぬこと

出で来なむ、と思すに、いと恐ろしければ、(後略)

【現代語訳】

天皇が最後まで秘密の片はしすらご存じなしにお崩れになったことでも、宮は恐ろしい罪であると感じておいでになったのに、今さらまた悪名の立つことになっては、自分はともかくも東宮のために必ず大きな不幸が起こるであろうと、宮は御心配になって、

このままだと絶対やばい、と藤壺はよくわかっています。

天皇が自分たちの関係に気づかずに亡くなられたのは、言い方は悪いですが藤壺にとってはある意味「幸運」だったと言えます。でも、だからこそもうこれ以上関係を持ったら大変なことになってしまう可能性がありますよね。

藤壺は悩んで、ついにはこんなことまでやります。

御祈りをさへせさせて、このこと思ひやませたてまつらむと、思しいたらぬことなく逃れたまふ

【現代語訳】
光源氏の恋を仏力で止めようと、ひそかに祈禱までもさせてできる限りのことを尽くして源氏の情炎から身をかわしておいでになる

「神様どうか、光源氏の恋心を抑えてください！」と神頼みまでしはじめました。

神様だってそんな願いを言われたのは初めてなんじゃないか、と思うようなことですが、藤壺にとってはとても真剣な悩みです。自分の子の人生がかかっていますからね。

こんな風に思い悩んだ結果、藤壺は結局、出家します。

何度も言いますが、この当時の出家というのは、「現世での幸福はもうこれ以上は望まない」という意思表明であり、ほぼ「自分から死を選ぶ」のと同じです。

そんな重大な決断を、藤壺はしたわけです。

しかしこれは、藤壺にしてみれば当然の選択です。自分の子供の地位も守りつつ、光源氏からのアプローチを躱(かわ)さなければならない中での、「最善策」だったと言っていいでしょう。

藤壺の出家に対して、光源氏は当然とても大きなショックを受けるのですが、そもそも光源氏が余計なちょっかいを藤壺に出していなければ、おそらく出家はしていなかったのではないかと思います。

なんか被害者面してるけど、お前が撒いた種だからな、光源氏？

さて、光源氏は藤壺の出家に際して、藤壺にこんなことを言います。

宮は、半ばは亡きやうなる御けしきの心苦しければ、「世の中にありと聞こし召されむも、いと恥づかしければ、やがて亡せはべりなむも、また、この世ならぬ罪となりはべりぬべきこと」など聞こえたまふも、むくつけきまで思し入れり。

【現代語訳】

光源氏は、半分死んだようになっておいでで、「恥知らずの男がまだ生きているかとお思われしたくありませんから、私はもうそのうち死ぬと思います。そうして、また死んだ魂がこの世に執着を持つことで、罰せられてしまうのでしょう」と、恐ろしいほどに源氏は真剣になって言った。

光源氏、**マジでメンヘラです。**「あなたと会えないなら、**私は死にます。**そして死んだ後もまだあなたが好きなままで、そしてその執着のせいで罰せられるでしょう」と言っています。危ないストーカーみたいな言動をしていますが、本当にそれだけ藤壺のことが好きなのでしょうね。

さて、源氏のメンヘラぶりに対して、藤壺はどう言うのでしょうか？　二人はこんな和歌を送り合っています。

光源氏「逢ふことのかたきを今日に限らずは今幾世をか嘆きつつ経む」

藤　壺「長き世の恨みを人に残してもかつは心をあだと知らなむ」

【現代語訳】

光源氏「お逢いすることが今日でおしまいでないならば、何度転生してもずっと嘆きながら過すことでしょう」

藤　壺「未来永劫の怨みをわたしに残すと言っても、どうせそのようなお心は、すぐに変わるものだと知っていただきたい」

超未練がましい光源氏に対して、藤壺、バッサリです。

「どうせ私以外にもいい女性はいるから、私のことなんて忘れると思いますよ。っていうか忘れてくださいね」と言っています。

これは光源氏、めちゃくちゃグサッと心にくるはずです。

でも、藤壺の言葉通りにはなりませんでした。

他の女性ならいざ知らず、光源氏はこの後もずっと、死ぬまで、藤壺のことを忘れることはありませんでした。もちろんこれから先も光源氏はいろんな女性と恋をすることになるのですが、やっぱり藤壺のことを忘れられないという状況が続きます。

光源氏は、藤壺に対してだけは、ずっと一途だったのです。

うち絶えて、内裏、春宮にも参りたまはず、籠もりおはして、起き臥し、「いみじかりける人の御心かな」と、人悪ろく恋しう悲しきに、心魂も失せにけるにや、悩ましうさへ思さる。もの心細く、「なぞや、世に経れば憂さこそまさされ」と、思し立つ（後略）

【現代語訳】

光源氏は、すっかり内裏・東宮にも参内なさらず、籠もるようになり、寝ても覚めても、「（藤壺は）本当にひどいお気持ちの方だ」と、体裁が悪いほど恋しく悲しいので、気も魂も抜け出してしまったのだろうか、ご気分までが悪く感じられる。心細く、「どうしてか、世の中に生きていると嫌なことばかり増えていくのだろう、自分も僧にでもなろうか」と、考えなさる

光源氏は大ショックを受けて、「自分も出家しちゃおうかな」とまで思うようになっています。やっぱり藤壺のことが大好きなんです。
そして、傷心中の光源氏は、その悲しみを背負ったまま、別の女性のところに行くようになります。

……あれ、やっぱり藤壺の言う通り、光源氏も心変わりしたのか⁉

と一瞬思いますが、どうやらそういうわけでもないみたいです。

初時雨、いつしかとけしきだつに、いかが思しけむ、かれより、

「木枯の吹くにつけつつ待ちし間におぼつかなさのころも経にけり」

（中略）

かうやうにおどろかしきこゆるたぐひ多かめれど、情けなからずうち返りごちたまひて、御心には深う染まざるべし。

【現代語訳】

初時雨、早くもその気配を見せたころ、どうお思いになったのであろうか、朧月夜の方から、「木枯が吹くたびごとに訪れを待っているうちに長い月日が経ってしまいました」という手紙が届いた。

こんなふうに女のほうから源氏を誘うお手紙はほかからも来るのだが、光源氏は情のある返事を書くにとどまって、深くは源氏の心にしまないものらしかった。

光源氏の方は、すっかり意気消沈していたこともあって、積極的に手紙を出さないでいたみたいです。返事をするにも、深い内容は書かないでいたみたいなのですが、そんな時に、兄の婚約者である朧月夜から手紙が届きます。

実は朧月夜との関係はずっと前から続いており、過去にばったり出会って恋仲になった相手でした。初めはお互いに素性を知らなかったのですが、後に素性を知り、お互いにびっくりしたというエピソードがあります。

その朧月夜から、ちょうど藤壺の出家で傷ついていた時に手紙が来たわけです。

「心の通ふならば、いかに眺めの空もものの忘れしはべらむ」など、こまやかになりにけり。

【現代語訳】

「心が通じるならば、どんなに物思いに沈んでいる気持ちも、紛れることでしょう」と、お手紙の返事もつい情熱的になる。

この手紙に対して、光源氏はついつい、心の内を明かしました。そして、また逢瀬が再開することになっていきます。

さて、ここで一つ解説です。

「お兄さんの婚約者である朧月夜と不倫しちゃいました」というのは、まあ普通にヤバいことではあるのですが、**当時の状況を考えると想像の三倍はヤバい行動です。**

まずそもそも、「光源氏のお兄さん」と説明していますが、このお兄さんというのは、その当時の天皇です。お父さんが亡くなってから、源氏のお兄さんである朱雀帝が即位しているのです。

つまり、「お兄さんの奥さん」＝「（その国で一番権力のある）天皇の奥さん」となります。

もっとも、天皇の奥さんと言っても、あんまり愛されていない場合もあります。当時、天皇にはたくさんの奥さんがいますからね。でも、この朧月夜は、めちゃくちゃ天皇から愛されていた奥さんだったんです。そんな天皇の寵愛を一身に受ける朧月夜と、光源氏は不倫してしまったわけです。

もちろん初めは偶然、お互いの素性を知らずに恋愛している状態でした。でも、立場がわかった上でさらに逢瀬を重ねるというのは、自殺行為もいいところです。

本当、**藤壺で懲りていないのかお前は⁉** と言いたくなります。

そしてもう一つ、大問題があります。それは、当時の権力闘争です。

この当時の役職に、左大臣と右大臣というものがあります。今の役職に置き換えると、左大臣が総理大臣で、右大臣が副総理みたいなものです。で、この左大臣家と右大臣家が争っているのが『源氏物語』の世界です。

光源氏は、左大臣側の人です。最初の奥さんであった葵の上が左大臣の娘であり、左大臣家にお世話になっていました。

そして、左大臣家と争っていた右大臣家の娘の一人が、光源氏のお母さんをいじめまくった弘徽殿女御（こきでんのにょうご）と呼ばれる女性で、その女性は今の朱雀帝のお母さんでもあります。ですから、左大臣側の光源氏とは敵対関係にあるといえます。

そして実は、何を隠そう、朧月夜は右大臣の娘の一人なのです！

弘徽殿女御の妹に当たる女性に、光源氏は手を出してしまっているのです。

つまり、「お兄さんの奥さんである朧月夜と不倫しちゃいました」を言い換えると、こうなります。

「その国で一番権力のある天皇が溺愛していて、かつ自分が敵対している家の娘でもある朧月夜と不倫しちゃいました」

うん、藤壺に引き続き、絶対に手を出してはいけない女性に手を出していますね。

……**本当、光源氏は何してるの⁉**

なんで光源氏は朧月夜に手を出してしまったのでしょうか？

この場面で光源氏の心理描写はかなり少ないので、何を思ってそんな恋をしたのかについては読者が考察するしかありません。

その中で有力な説が「**自暴自棄説**」です。

最愛の女性である藤壺にフラれ、自暴自棄になってしまった結果、危険な恋に身を投じてしまったのではないか、というのです。

現代人でもいますよね。大恋愛の末にフラれ、自暴自棄と寂しさのせいで、「なんでそいつと付き合ったの？」というような相手と付き合うやつ。

光源氏も当時、そんな感じだったのではないでしょうか。「ああ、もう、なんでもいいや……」みたいな。


さて、そんな無茶な逢瀬が続いて、ついにバレてしまう時がきます。

その時の朧月夜と光源氏の反応はどうだったのでしょうか？

まず、朧月夜の反応を見てみましょう。

尚侍の君は、我かの心地して、死ぬべく思さる。

【現代語訳】

尚侍の君（朧月夜）は、呆然自失して、死にそうな気がなさる。

まあ、「そりゃそうだ」という反応ですね。不倫がバレたら誰でもこんな反応になると思います。

では、肝心の光源氏は？

大将殿も、「いとほしう、つひに用なき振る舞ひのつもりて、人のもどきを負はむとすること」と思せど、女君の心苦しき御けしきを、とかく慰めきこえたまふ。

【現代語訳】

光源氏も、「困ったことになったな、とうとう、つまらない振る舞いが重なって、世間の非難を受けるだろうことよ」とお思いになるが、朧月夜が気の毒なご様子なのを、いろいろとお慰め申し上げなさる。

光源氏は、「困ったなぁ、人から怒られるだろうなぁ」と言ったのち、「朧月夜、大丈夫?」と心配して声を掛けています。

「……お前何言ってんの⁉」とツッコミを入れたくなります。もっと自分の心配しろよ!

このシーンの光源氏、どこかおかしいんですよね。

もちろん、ショックを受けていないわけではなさそうです。でも、それにしては反応があっさりしすぎです。それでいて、「まあなんとかなるだろ」という余裕も読みとれません。

もちろん光源氏だって、不倫がバレたら自分の立場が危うくなることを理解しているはずです。それなのに、反応が「困ったなぁ」だけって……。

おそらくですが、この時完全に光源氏は正気を失っています。先ほどの「自暴自棄説」と合わせて考えてほしいのですが、藤壺の出家を受けて、「もう、どうにでもなれ」と思っていたのではないでしょうか。だから無理な逢瀬を重ねて、自分の人生を棒に振るかのようなことをしたのではないか、と想像できます。

ていうか、そうでないなら、流石(さすが)に正気でない説明がつきません……。

この事件がきっかけで、光源氏は都を追放され、明石に行くことになります。光源氏のお兄さんである当時の天皇（朱雀帝）は、「自分が光源氏より魅力がなくて、朧月夜を寂しくさせてしまったのが原因だから」と言って不問にしようとしたのですが（**お兄さんは聖人か？**）、右大臣家側はそうは考えず、結局光源氏を追放することになったのでした。

第6章 女三の宮の登場

さて、次に見ていきたいのは女三の宮との結婚です。

都に戻って栄華を極めた光源氏の最大の失敗、女三の宮との結婚。

そして、その女三の宮が柏木と密通して、今風に言うとＮＴＲれて（寝取られて）しまったエピソードについてお話ししようと思います。


まず流れを整理すると、この時期の光源氏は権力の絶頂でした。５章では不倫によって追放されましたが、やがて都に戻り、自分の愛する女性を囲うお屋敷を立てて、最愛の女性である紫の上を筆頭にいろんな女性を妻に迎え入れて、生活はとても順調な上、権力も持っていました。

そんな中で、その幸せを壊す出来事となったのが、女三の宮との結婚でした。

女三の宮は、お兄さんである朱雀帝の子供です。朱雀帝から「この娘、光源氏の奥さんにどう？」と言われ、**「えっ、藤壺の血縁じゃん！　結婚する！」**と言って結婚したのがこの女三の宮です。

でも朱雀帝って、朧月夜の一件で源氏に奥さんを寝取られた人なんですよね。朱雀帝、娘の結婚相手そいつでいいんですか⁉　と言いたくなります。

しかし、実際に来た女三の宮は、光源氏のタイプではなかったようです。


姫宮は、げに、まだいと小さく、片なりにおはするうちにも、いといはけなきけしきして、ひたみちに若びたまへり。かの紫のゆかり尋ね取りたまへりし折思し出づるに、

「かれはされていふかひありしを、これは、いといはけなくのみ見えたまへば、よかめり。憎げにおしたちたることなどはあるまじかめり」


【現代語訳】

女三の宮はかねて話のあったようにまだきわめて小さくて、幼い人といってもあまりにまでお子供らしいのである。紫の上を二条の院へお迎えになった時と院は思い

比べて御覧になっても、
「その時から紫の上は才気が見えて、相手にしていておもしろい少女であったのに、これは単に子供らしいというのに尽きる方でいらっしゃるが、まあ、これもいいであろう。幼稚な宮なので紫の上と対抗することはあるまいと安心する（一方で、期待を裏切られる気持になった）」

女三の宮の姿が子供っぽくて、ガッカリしています。その上で、光源氏は「紫の上の方がよかったなぁ」とか言ってますね。

だったらお前、紫の上で我慢しておけよ！

とツッコミを入れたくなってしまいます。

さらに女三の宮は、精神面だけでなく、姿形までもまだまだ幼い様子です。

女宮は、いとらうたげに幼きさまにて、御しつらひなどのことごとしく、よだけくうるはしきに、みづからは何心もなく、ものはかなき御ほどにて、いと御衣がちに、身もなく、あえかなり。

【現代語訳】

女宮（女三の宮）は、たいそうかわいらしげに子供っぽい様子で、お部屋飾りなどが仰々しい。堂々とはしているが、精神的には無心で、頼りないご様子で、まったくお召し物に埋まって、身体もないかのように、か弱くいらっしゃる。

何かしても反応も薄いし、機知に富んだ返しをするわけでもない。立派な服は着ているけれど、服に着られてしまっているみたいです。まあ、天皇の子供として丁重に扱われて育っているわけですから、それも仕方ないんじゃないかな？と思いますね。

でも、やっぱり光源氏は「うーん、期待外れだなあ」という反応をします。

差し並び目離れず見たてまつりたまへる年ごろよりも、対の上の御ありさまぞなほありがたく、「われながらも生ほしたてけり」と思す。

【現代語訳】

自分が離れる日もなく見ておいでになった紫の上のことが今になってよくおわかりになる気がされて、御自身の教育が成功したことを自ら褒めざるを得なかった。

ここでは、「女三の宮を見てたら、やっぱり紫の上への教育ってめっちゃうまくいったんだな、さすが俺！」と言ってます。

女三の宮を見て、紫の上に対する教育について自画自賛し出しました。そこは、紫の上が素晴らしい女性なのは、自分の教育が良かったからだと考えたのですね。

シンプルにクズ野郎です。そこは「紫の上は特別なんだ！」と考えればいいのに、「自分すごい！」って思考になるのか……ポジティブすぎます。

そんなことを言っていたからか、この後光源氏には二つのバチが当たります。

一つめのバチは、光源氏の愛を感じられなくなった紫の上が病気がちになり、ついには亡くなってしまうことです。

紫の上は、女三の宮が来るまでは、光源氏の正妻として扱われていました。しかし女三の宮という天皇の子供・最高の血統の女性が奥さんとしていらっしゃるということは、事実上の正妻は女三の宮ということになります。その上で、紫の上は女三の宮のお世話をする立場になります。これには、光源氏のお屋敷で働いている人たちからも非難があったそうです。


中務、中将の君などやうの人びと、目をくはせつつ、

「あまりなる御思ひやりかな」

【現代語訳】

中務、中将の君などといった女房たちは、目くばせしながら、「あまりにも思いやりがない」

昔から光源氏に仕えている人たちも、「光源氏何してんの？　あまりにも紫の上のこと考えてないよね」と非難轟々です。

それどころか、光源氏の他の奥さんたちからも、紫の上に対する同情の声が上がります。

異御方々よりも、「いかに思すらむ。もとより思ひ離れたる人びとは、なかなか心安きを」など、おもむけつつ、とぶらひきこえたまふもある

【現代語訳】

他の婦人たちの中にも、「どのようなお気持ちでいるのでしょう。初めから諦めているわたしたちは平気ですが」なんて慰問をする人もいる

こんな風に言ってもらえているところからも、紫の上の人柄が偲(しの)ばれますね。みんな、紫の上に同情しています。それに対して光源氏は「**あいつホンマ……！**」と呆れられています。読者からしても「**もっと言ってやれ**」って思うくらいです。

それくらい、女三の宮を迎え入れるのは、紫の上に対する配慮がない選択だったわけです。そりゃバチも当たるわと。

ちなみに、紫の上に対して、女三の宮のお父さんで光源氏に推薦した朱雀帝は謝りの連絡を入れています。朧月夜の時の対応といい、この人本当に聖人ですね。

ちなみに光源氏は、まだ朧月夜と関係が続いていて、お兄さんが手紙で紫の上に

謝ったすぐ後に、朧月夜に逢いに行くシーンになります。しかも紫の上に嘘をついて会いに行く始末です。

光源氏は本当……お前さあ……そんなんだから紫の上が病気になるんだよ！

そしてもう一つの「バチ」は、女三の宮が柏木に寝取られてしまうことです。女三の宮のことを好きになったのは、柏木という人物でした。彼は、雨夜の品定めで話をしていた頭中将の息子です。頭中将も好色な人物でしたが、それが遺伝してしまったわけですね。

柏木は、光源氏が「子供っぽい」と感じた女三の宮のことが好きになってしまったのです。

「……あれ？　でも女三の宮って子供っぽくて、女性的な魅力がなかったんじゃないの？」

と思う人も多いと思います。いや、その通りなんですよ。光源氏の目には「マジで子供っぽすぎてダメだなあ」と映った女三の宮が、なぜか、柏木には「めっちゃ魅力的！」と映ったわけです。なぜなんでしょう？

この時、光源氏も四十歳ですから、二回り以上も年の離れた女三の宮とは合わなかったんじゃないか、という説もあります。しかし、**彼には十歳かそこらの若紫を好きになった前科があります**。その光源氏でも「幼い」と感じたわけですから、女三の宮の様子や容姿が一般的な感覚以上に幼かったことは疑いようがありません。

そうなると、理由として考えられる、僕の仮説を一つ申し上げます。

「**柏木がロリコンだった説**」です。

だって、十四歳の女の子だった藤壺を大好きな光源氏が「子供っぽすぎてダメ」と言った女性のことを好きになって子供作っちゃったんですよ？

どう考えても、柏木はロリコンじゃないですか？

まあ、この説が正しいかどうかはわかりませんが、そんな柏木の不貞は、後に光源氏にバレます。

では、柏木の不貞に関しては、光源氏はどんな反応をするのでしょう？

もう四十を超えたおじさんなわけですが、大人な対応をするのでしょうか？それともやっぱり、ブチギレちゃうのでしょうか？

かくばかり、またなきさまにもてなしきこえて、うちうちの心ざし引く方よりも、いつくしくかたじけなきものに思ひはぐくまむ人をおきて、かかることは、さらにたぐひあらじ（後略）

【現代語訳】

自分は、女三の宮に対して、第一の妻として厚遇してきたではないか。自分の心でより多くの愛する人をもさしおいて、最大級の愛を加えていた自分のことを、女三の宮は裏切っておしまいになったというのは、前例がないほど罪深いことだ

あ、普通にキレてますね。それ自体は当然です。

でも**「他の愛する人のことも差し置いて、ちゃんと愛していたのに！」**というのはなかなかのクズ発言ですね。「俺は浮気してないのに！」というようなテンションで話をしていますけれど、**「俺だって最近浮気する頻度を減ら**

しているのに、なんであいつは浮気したんだ！」って言ってるようなもんですからね。**「どの口が言ってるの？」**とはこのことです。

そして、「どの口が」というツッコミを入れたいポイントは、さらにあります。

故院の上も、かく御心には知ろし召してや、知らず顔を作らせたまひけむ。思へば、その世のことこそは、いと恐ろしく、あるまじき過ちなりけれ

と、近き例を思すにぞ、恋の山路は、えもどくまじき御心まじりける。

【現代語訳】

故院の上も、このように御心中には御存知でいらして、知らない顔をあそばしていられたのだろうか。それを思うと、その当時のことは、本当に恐ろしく、あってはならない過失だった」

と、身近な例をお思いになると、恋の山路は、非難できないというお気持ちもなさるのであった。

つまりは、「よく考えると、お父さん、俺と藤壺のこと気づいてたのかなぁ。それなのに知らない顔をしてくれてたのかなぁ。いやー、あの時は俺、怖いことしてたなあ。マジでやっちゃいけないことだったなー」ってことですね。

そうなんです。この、柏木の件は、**光源氏の因果応報なんですよね。**

昔、お父さんの奥さんである藤壺と密通して子供を作ってしまった光源氏。

今度は光源氏の奥さんである女三の宮と柏木が密通し、子供を作ってしまった。

光源氏は、柏木に怒る権利はないのです。自分も全く同じ罪を犯したのですから。

それに思い至って、「ああ、あの時の俺は馬鹿なことしたなー」って気づいた、というのがこのシーンです。

……いや、本当にな!?

相当ヤバイことしてたんだよお前!!

っていうか今更かよ、反省するの遅すぎない!?

というツッコミを入れたくなりますね。

僕はここの光源氏の言動、『源氏物語』で一番のツッコミどころだと思っています。だって、この年に至るまで、一ミリも、「お父さん（天皇です）にバレてたらどうしよう」といった想像をしていなかったのが明らかになるのですから、マジでヤバいです。

ちなみに、お前は今気づいたかもしれないけど、**藤壺はそれを真っ先に考えてて、だから思い悩んで出家した**んだけどな。そこのところ、わかってる?

でも、光源氏も流石に、「非難できないな」と考えているみたいです。光源氏許してくれそうですね。よかったですね柏木くん。

さて、そんな中で光源氏が催すイベントに柏木が来ることになりました。柏木は「行かないでおきたい」と思ったのですが、事情を知らない柏木のお父さんからも「え、お前なんで来ないの？　無理してでも来いよ」と言われてしまって、行くことになりました。

そして光源氏は柏木と対面して、柏木にこんなことを思います。

「などかは皇女たちの御かたはらにさし並べたらむに、さらに咎あるまじきを、ただことのさまの、誰も誰もいと思ひやりなきこそ、いと罪許しがたけれ」など、御目とまれど、さりげなく、いとなつかしく（後略）

【現代語訳】

「どうして内親王たちのお側に夫として並んでも全然遜色はあるまいが、ただ今度の一件については、どちらもまことに思慮のない点に、ほんとうに罪は許せないな」などと、お目が止まりなさるが、平静を装って、とてもやさしく接する。

光源氏、平静を装って優しく接してはいますが、心中ではめっちゃブチギレていますね……。

あれ、光源氏さん、柏木のこと許すって言ってましたよね？　許すんですよね？と不安になるシーンです。

そして、こんなシーンに続きます。

「過ぐる齢に添へては、酔ひ泣きこそとどめがたきわざなりけれ。衛門督、心とどめてほほ笑まるる、いと心恥づかしや。さりとも、今しばしならむ。さかさまに行かぬ年月よ。老いはえ逃れぬわざなり」

【現代語訳】

「年を取るとともに、酔泣きの癖は止められないものだな。衛門督（柏木）が目を止めてほほ笑んでいるのは、まことに恥ずかしくなるよ。でも、衛門督（柏木）ももうしばらくの間だろう。さかさまには進まない年月さ。老いは逃れることのできないものだよ」

この一節を理解するには、ちょっと補助線が必要です。実はこれ、柏木にめちゃくちゃプレッシャーをかけている言葉なのです。

表面上は、「自分は年を取ってしまって、柏木くんに酔泣を見られて笑われちゃったね。でも柏木くんもすぐ老いちゃうよー」と笑っているように見えますし、この言葉を聞いた他の人もそう解釈したと思います。

でも、柏木にだけは、この言葉は全く別の意味に聞こえるのです。

だって、柏木が本当に光源氏に対して「この人、年取ったな」という目を向けて笑っているわけがないじゃないですか。

「自分が老いてしまったのを柏木に笑われた」という源氏のセリフは、「自分が老いてしまったことで妻を一人にし、柏木に寝取られてしまった」ということを暗に示していると考えられます。そして、「でも柏木だって年を取ることからは逃れられないよ」という言葉には、「いつかこっち側に来るよ」というメッセージが込められていると解釈できます。

要するに、柏木からしたら、時の権力者である光源氏から「お前の悪事はバレてるからな」と言われたようなものなのです。


ということで、一度許すと言った光源氏が、柏木にバリバリの皮肉を言っています。もちろん直接的に「お前ふざけんなよ」とは言っていません。でも、柏木からしたら「ば、バレてる――！」って感じですね。

そして柏木はここから様子がおかしくなります。

しばしの酔ひの惑ひにもあらざりけり。やがていといたくわづらひたまふ。

【現代語訳】
柏木の容体がおかしいのは、一時の酔の苦しみではなかった。柏木は、そのまままことにひどくお病みになってしまう。

ちなみに柏木、最終的にこれを苦にして死んでしまいます。もともとそんなに精神的に強いやつではなかったので、時の権力者となっている光源氏に睨(にら)まれたと思った柏木は「もう生きていけない」と思い、そのまま病気になって死んでしまったのでした。

「ちょっと睨まれて死ぬくらいなら、そもそも手なんか出すなよ、柏木」というツッコミを入れたくなる人もいるかもしれませんが、それくらい光源氏のプレッシャーがすごかったのかもしれません。真相はわかりませんが、見方によっては光源氏が殺したようなものだと言っていいかもしれません。

さて、みなさんこう思いますよね。「なんで？　さっき許すって言ってたのに！」と。そうなんです、さっきのシーンと矛盾するんですよね。

これはおそらく、源氏が無自覚に柏木に皮肉を言っちゃってる、というパターンだと思います。

一応、光源氏の名誉のためにしっかりと申し上げておくと、「許す」と言ってから、光源氏に「やっぱり許さない！」と心変わりがあったことを示す描写はありません。おそらく源氏としては、柏木のことは許そうと思っていたのではないかと考えられます。

でも、嫌味を言ってしまった。それはもう、無意識というか、「つい言ってしまった」のではないかと思います。

……なんというか、今までずっと「手を出してはいけない女性に手を出しまくっていた光源氏」の姿が描かれていましたが、四十歳を超えて権力を得ても、その性分が全然変わってないですね。

光源氏、まだそんなことやってんのか⁉

そしてここに至って、読者も薄々わかっていたことをあえて指摘したいと思います。

それは「光源氏って、お父さんそっくりだよね」ということです。

光源氏のお母さんを愛しすぎてしまったように、相手の立場を考えずに相手のことを愛してしまうところは、若紫を誘拐した源氏と一緒ですよね。

光源氏のお母さんが弱ってしまっているのに、それでもその弱々しい姿も含めて愛しく思ってしまい、自分の欲望に忠実なあまり、より一層愛してしまうのは、藤壺に対しての源氏の態度とそっくりです。

そして今回のように、「やってはいけない」と自覚していることをついやってしまうのは、光源氏のお母さんが愛されすぎて苦しんでいるのを知っている上で、より一層愛してしまうのと同じです。

つまり光源氏は、お父さんの悪いところを全部引き継いだ大人になってしまっているのです。

さらに、この性質は光源氏の子孫にも引き継がれてしまいます。

宇治十帖で描かれる、源氏の孫である匂宮の行動は「マジでそんなことするの⁉」というものですが、読者はみんな「ああ、これは光源氏の孫だわ……」と思いながら読むのです。

辻先生のコメント

さて、西岡さんからのツッコミも激しいシーンでしたね。

一つ補足すると、実はここ、作者である紫式部の力量がよく光っているシーンでもあります。

紫の上は、光源氏のさまざまな恋愛に心を痛めてきました。しかし、それでも六条院の女主という、光源氏の正妻の位置にいることを心の支えに、なんとか頑張っています。しかし、女三の宮が来るとなると、位の高さから女三の宮に正妻の立場を譲り渡さなければなりません。それがどれほどの苦しさであったかは、想像に難くありません。しかし、紫の上は、その嫉妬心や不安を光源氏に見せまいと必死で冷静を装います。そして、それによって逆に、光源氏からは「ひょっとして紫の上は、私のことを愛していないのではないか」と疑われてしまうのです。

　このあたりのすれ違い、さすが紫式部と感服するしかない描き方ですね。

　さらにこの場面、光源氏も光源氏で意外と苦悩が多いのです。西岡さんのコメントだけだと、全く紫の上に配慮できていない印象があるかもしれませんし、実際配慮はできていないのですが、光源氏もかなり悩んでいました。

　源氏も紫の上の悲しみはわかっており、なかなか紫の上に女三の宮のことを伝えることができませんでした。だからこそ、いつもは寝所も共にしていたのに、一人寝所で悩み、いつもと違う態度を取ってしまうという描写もあります。

　光源氏はこの時、四十歳です。

　あらゆる恋愛を経験したからこそ、紫の上の気持ちも理解でき、だからこそいつもと違う態度を取ってしまったわけですね。

　しかし、そんな紫の上を思っての行動が、かえって紫の上を不安にさせてしまっていたのです。

いかがでしょうか、この、男と女とのやるせなさ。

相手を大切にしているからこその煩悶であろうに、相手のことを考えれば考えるほど、その行動自体も相手を傷つけてしまう。このあたりの心の機微がわからないと、ただの恋愛小説だと思ってしまうでしょう。

ちなみに、光源氏が「紫の上の教育がうまくいった」と考えていたという場面がありましたが、実はこれ、朱雀帝が娘の女三の宮を光源氏に嫁に出した理由でもあるんです。

女三の宮の結婚相手候補は他にもあったのですが、娘の将来を考えた時に、紫の上のように育ってくれることを、朱雀帝は親として望んだのです。

光源氏は、紫の上を理想的な女性に育てた張本人です。

光源氏が、紫の上に対して「よくここまで素敵になったな」と見るその先に、朱雀帝が光源氏に預けた理由があります。

そうなんです、実は、これほどまでに紫の上が理想的に育ったことが、紫の上自身を苦しめる遠因だったのです。本当に、紫式部の恐るべき構成力を感じます。

そして、女三の宮と源氏の結婚の日。当時の結婚式は、男が女のもとに三日間通うことで成立しました。そこで思い出さないといけないことがあります。源氏には六条院という屋敷があるのです。

みなさんは、これが何を意味するかわかりますか？

普通であれば、紫の上は夫の光源氏が夜に通って来ない日々を経験するだけです。

でも光源氏は、紫の上も住んでいる六条院から女三の宮のもとに行くのです。

紫の上が、光源氏の着物から何から、女三の宮との結婚の準備をしてやるんです。

……これが、どれほどの苦しさであったでしょうか。どれほど悲しかったでしょうか。

紫の上が選んだ着物を着て、紫の上が焚き込めた香の香りをさせて、光源氏は女三の宮のもとに通います。夜に帰ってこない間、どれほどの思いを、紫の上は味わったでしょうか。

本当に、『源氏物語』は深い物語です。

最後にもう一つだけ、紫式部の卓越した構成力を感じられるポイントをご紹介します。

実は「光源氏はなぜ女三の宮のことを好きにならなかったのか？」という謎には、一つの伏線があります。紫の上と女三の宮は、「鏡写しのように、近いけど正反対の人物」として造形されているのです。

女三の宮は高貴な身分であり、光源氏とは政治的な結婚です。それに対して紫の上は、孤児同然となったところを源氏が保護して育てたという、政治的な背景は何もない、純粋な愛による結婚です。

その女三宮が来た時に、光源氏は「幼すぎる」と感じて恋愛対象と思えないのですが、よく思い出してください。

紫の上（若紫）の初登場シーンも、彼女がまだ子どもの時でしたよね。そして、「雀の子を逃がした！」と言ってバタバタと走っての登場です。平安時代の貴族の女性は、当時立膝で歩くという特殊な歩き方をしていました。ですので、走るなんてとんでもないことなんです。

それなのに紫式部は、紫の上をバタバタと走らせて登場させました。

この物語の中の女性で一番子供っぽい女の子である紫の上が最愛のヒロインとなったのに、最高位の正妻となった女三の宮を好きにならない理由を「子どもっぽいから」と言っているのです。

この対比の妙理を、みなさんにご理解いただければと思います。

おわりに　『源氏物語』の終わりとともに

僕は高校生の時に『源氏物語』を読んで、その結末に疑問を覚えました。

「なんで、薫くんと浮舟はくっつかなかったんだろう?」と。

『源氏物語』は、基本的にバッドエンドのように感じられます。だって、光源氏は藤壺と綺麗に結ばれることはなかったですし、紫の上は光源氏からの愛を疑って失意の中で亡くなってしまうし、浮舟ちゃんは薫くんのことを拒絶して終わります。どうして『源氏物語』はこんなに物悲しい終わり方になっているのでしょうか。


この件について、辻先生にお話をうかがったところ、こんなコメントをいただきました。

「いやいや、バッドエンドではないんですよ。読者たちは、光源氏のさまざまな恋愛を通して、男女が一時的に結ばれたとしても、結局幸せにはなれないことを知るんです。あんなに愛し合っていた光源氏と紫の上も、結局うまくいかなかった。だからこそ紫式部は、違う形の幸せを提示したんです。ずっと一緒にいるだけが男女の幸せではない。むしろ一緒にいないと幸せではないなら、いつかどちらかが亡くなった時には不幸になる。そうではなく、想いが通じ合っていれば、きっと一緒にいなくても幸せなのではないか。そんなことを教えてくれる終わり方だったんじゃないでしょうか」

非常に納得のいく解釈だと感じます。であれば、あの薫と浮舟のシーンは、きっと救いなんだと思います。

『源氏物語』は結局、「ないものねだり」の物語です。お母さんの愛を受けられなかった光源氏が、お母さんの代わりに藤壺を愛し、藤壺の代わりに紫の上を愛した。「代わり」ではなく、ありのままを愛していれば、きっともっと違った結末になっていたんじゃないかと僕は考えます。

そしてその最後に、薫くんは、浮舟の選択を尊重したのです。浮舟を、大君の「代わり」として愛するのではなく、ただそのあり方を尊重したのではないか、と。

そういう意味では、この終わり方は幸せな結末だったのかもしれません。

この本を書いてみて、僕はやっぱり『源氏物語』は面白いな、と思いました。そして、なんだか自分の人生の糧になったようにも感じます。

みなさんにも同じような感覚があればと願いつつ、ここで筆を擱(お)きたいと思います。

ここまでおつきあいいただき、ありがとうございました!

東大生と読む　源氏物語

二〇二四年 二月一九日 第一刷発行

著者　西岡壱誠

発行者　太田克史
編集担当　片倉直弥
監修　辻孝宗
発行所　株式会社星海社
〒一一二-〇〇一三
東京都文京区音羽一-一七-一四 音羽YKビル四階
電話　〇三-六九〇二-一七三〇
FAX　〇三-六九〇二-一七三一
https://www.seikaisha.co.jp
発売元　株式会社講談社
〒一一二-八〇〇一
東京都文京区音羽二-一二-二一
(販売) 〇三-五三九五-五八一七
(業務) 〇三-五三九五-三六一五
印刷所　TOPPAN株式会社
製本所　株式会社国宝社

アートディレクター　吉岡秀典（セプテンバーカウボーイ）
デザイナー　鯉沼恵一（ピュープ）
フォントディレクター　紺野慎一
イラスト　花園あずき
校閲　鷗来堂

ISBN978-4-06-534815-4
Printed in Japan

287
SEIKAISHA SHINSHO

次世代による次世代のための

武器としての教養
星海社新書

星海社新書は、困難な時代にあっても前向きに自分の人生を切り開いていこうとする次世代の人間に向けて、ここに創刊いたします。本の力を思いきり信じて、みなさんと一緒に新しい時代の新しい価値観を創っていきたい。若い力で、世界を変えていきたいのです。

本には、その力があります。読者であるあなたが、そこから何かを読み取り、それを自らの血肉にすることができれば、一冊の本の存在によって、あなたの人生は一瞬にして変わってしまうでしょう。思考が変われば行動が変わり、行動が変われば生き方が変わります。著者をはじめ、本作りに関わる多くの人の想いがそのまま形となった、文化的遺伝子としての本には、大げさではなく、それだけの力が宿っていると思うのです。

沈下していく地盤の上で、他のみんなと一緒に身動きが取れないまま、大きな穴へと落ちていくのか？　それとも、重力に逆らって立ち上がり、前を向いて最前線で戦っていくことを選ぶのか？

星海社新書の目的は、戦うことを選んだ次世代の仲間たちに「武器としての教養」をくばることです。知的好奇心を満たすだけでなく、自らの力で未来を切り開いていくための〝武器〟としても使える知のかたちを、シリーズとしてまとめていきたいと思います。

2011年9月

星海社新書初代編集長　柿内芳文